探偵★日暮旅人の宝物

Detective
Tabito Higurashi's
precious things.

Kouzaburou
Yamaguchi

山口幸三郎

目次

イラスト●煙楽
デザイン●T

探偵★
日暮旅人の宝物

山口幸三郎

Detective Tabito Higurashi's precious things.

Kouzaburou Yamaguchi

ふっと目が覚める。カーテンを開けると、弾《はじ》けるような朝日が飛び込んできて、目が眩《くら》む。一日の始まりは、リビングに居る誰かの『声』と共に流れ出す。顔を洗う水の『冷たさ』に快感を覚え、袖を通す下ろし立てのシャツの『感触』に身を引き締めた。淹《い》れ立てのコーヒーの『香り』に誘われて席に着く。こんがりと焼かれたパンが自家製のジャムの『甘さ』を引き立たせ、ブラックコーヒーの『苦味』と程良く調和した。頬を緩ませて顔を上げると、目の前には、愛《いと》おしそうにこちらを見つめる『貴方』が居る。

目に見えるモノはいつも『貴方』だった。
季節の彩りも、暮らしに映える色彩も、いつも『貴方』と共にあった。
当たり前のように流れる日々は、『貴方』と過ごす大切な時間。
五感が『日常』をもたらしている。かけがえのない物ほど身の回りに溢《あふ》れていて、大切な人ほどすぐ傍《そば》に居てくれる。

その『温《ぬく》もり』に気づけたとき、人は誰しも幸せになれる。

視界に映るほんのわずかな世界でさえ、ほら、こんなにも愛おしい。

——この日々は、『貴方』への『愛』で満たされている。

六月の花嫁

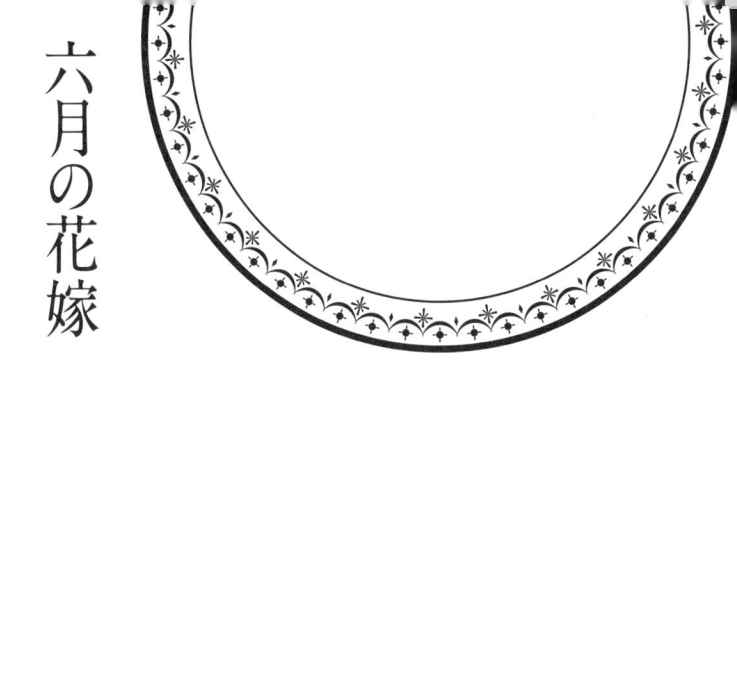

公園に遊びに行った帰り道、娘は父と手を繋《つな》いで歩いていた。

「ねえ、パパ？　ママってどんな人だったの？」

物心付く前に亡くなった母のことを尋ねると、父は遠くに目を向けた。

「……怒りんぼで泣き虫で、愛歌《あいか》ちゃんにそっくりだった」

「なにそれぇ」

けらけらと笑う娘を見つめて、父は普段からの厳《いか》めしい表情をわずかに緩ませた。

「本当に似ているよ。君は、ママに」

その呟《つぶや》きにどれほどの情愛が込められていたか、このとき娘は想像すら付かなかったはずだ。

夕暮れの中を、若い父と、幼い娘が歩いて行く。

時は流れ、大人に成長した娘は今、父と共にバージンロードを歩いている。

花嫁をエスコートする父の足取りは重く、一歩一歩に思い出を巡らせた。人生を意味するこの道は、やがて新郎の待つ未来へと到達する。

組んだ腕がほどけ、娘は新郎の隣に立ち、父は深々と頭を下げた。頭を下げたまま、しばらく動かなかった。参列席はざわつき始め、新郎も牧師も戸惑いを隠せずにいる。

その一礼にどれほどの情愛が込められていたか——。

年老いた父を、娘はじっと見つめていた。

＊　＊　＊

父はいつも仏頂面を浮かべていて、笑ったところを見たことがなかった。

だからといって気難しい性格をしているわけではない。厳しくはあったが、甘やかしてくれる部分も確かにあったし、自分の短所を弁《わきま》えていたのか、娘に対して無駄に威張り散らすようなこともしなかった。真面目で誠実で、良い父親だったと思う。

振り返れば、西沢《にしざわ》愛歌の人生は、父・健也《けんや》の人生でもあった。

家族といえども別の個体だ、自分とそれ以外とに分類してしまえば親と子は一番身近な『他人』であろう。まして大人と子供とでは住む世界が違う。目線が違う。認識が違う。同じ空間にいても別の活動をしている。父が仕事を、母が料理を、子は学校の宿題を、それぞれがしていればそこには必ずすれ違いが生じる。聞く音も、見える景色も、まったく同一のものであるはずがなかった。何の変哲もない、それこそが正常な人間関係だ。

なのに、父は、これまでずっと愛歌の立場に立って物事を見ようとしてくれた。一緒に宿題をしたり、一緒にテレビを見たり、一緒にお風呂に入ったり。反対に、愛歌にも大人の視点を覗《のぞ》かせた。一緒に料理を作ったり、一緒に家計簿を付けたり、一緒にお出掛けしたりした。何をするにも二人一緒だ。愛歌が成長するにつれて、特に思春期の頃には、お互いそれも難しくなってすれ違うこともあったが、それでもその日何があったかを話し合う関係は継続された。父と娘の間柄でここまでべったりな親子も珍しいだろう。

昔、こんなことがあった。まだ小学生だった頃、学校の友達からお泊まり会に誘われた。愛歌は父に許可を貰《もら》おうとしたが、友達のお家《うち》であろうと子供の外泊は許さん、と反対された。このときばかりは愛歌も反発し、初めて喧嘩《けんか》になったが、口論しているうちにだんだんと愛歌の方が父と離れるのが寂しくなり、結局友達の誘いを断っていた。友達は皆呆《あき》れ返っていたのは言うまでもない。

余所《よそ》の家庭からは少し異常に見えたようで、おかげで愛歌は友達からたびたびファザコンと揶揄《やゆ》されることがあり、哀《かな》しいかな愛歌も大いに自覚していたのだった。けれど、それも仕方がない。たった二人の家族なのだから。――大切に想《おも》うのは当然でしょう。

父にとって愛歌は妻の忘れ形見、溺愛《できあい》したとて何らおかしいことはない。愛歌も母がいないことがコンプレックスだったが、父がその分の愛情を注いでくれたから寂しくなかった。

愛歌の人生の大半は父との思い出だ。

同じ空間にいて同じ活動をする。聞く音も、見える景色も、すべてを共感し合った。母がいない分協力し合って生きてきたのだ、別の個体なんて呼べない、他人なんて呼ばせない、分類したいなら『親子』という括《くく》りでなければ認めることなんてできない。

けれども、すれ違っていた時期もあるにはあるのだ。

寡黙で厳格な父だが、意外に抜けている面もあり、通帳と印鑑の仕舞ってある場所を忘れるのは日常茶飯事で、年に一度は財布や家の鍵を失くしている。小さいことまで言い出したらきりがないほどだ。あまりにもひどいので、小学校高学年に上がった頃からそれらの管理はすべて愛歌が請け負うことになった。その件を皮切りに、愛歌と父は徐々に役割分担を行い始め、思春期に入ると、特に掃除や洗濯は愛歌の領分に取り入れられるようになる。洗濯物を別々にしたかった。父に自分の部屋を掃除してほしくなかった。別に父のことが嫌いになったわけではないし、不潔だとも思っていないのだが、どうしても気になった。

そうして、隠し事もするようになる。

好きな人ができた。短大に進学するまでは父以外に男っ気が皆無だったこともあり、愛歌の興味はすぐに恋愛に向いた。友人に紹介されたその人は、少し頼りなげな感じだったけれど、優しい人だった。間もなく交際が始まった。

父には恋人がいることを告げられずにいた。言い出すきっかけがなかったし、どんなことでも話してくれる父に対して内緒でお付き合いしていることへの後ろめたさもあったからだ。

二人は大学を卒業し、定職に就いたとき、ごく自然に婚約した。

突然結婚の申し込みをしにきた彼に、父は面食らっていたようだが、静かに話を聞いてくれた。そして、

「そうか。わかった」

あっさりと。父の許しを得たのである。拍子抜けもいいところだ、絶対に反対されると思っていたのに。どうやらそこまで親馬鹿ではなかったらしく、むしろ愛歌の方

が寂しく感じてしまったくらいだ。

「おまえが選んだ相手なら心配ないだろう」

そう言って、祝福してくれた。


結婚式から二ヶ月が経ち、愛歌は新居に移る際に整理できなかった荷物を片付けるために実家に戻っていた。しかし、懐かしい物が出てくるたびにいちいち思い出に浸ってしまうので、片付けはなかなか進まない。

「わあ、懐かしい。こんなところにあったんだ」

押し入れの奥に仕舞ったまま忘れられた段ボール箱は、子供の頃に愛用していた人形やぬいぐるみが詰まっていた。父の会社の人から、子供が大きくなって要らなくなったからと頂いた物だ。お下がりのぬいぐるみたちは随分とくたびれていて、汚れも目立ち、とてもじゃないが余所の子供にあげられる状態ではなかった。リサイクル業者に引き渡そうかと考えて箱ごと脇に退《ど》かした。

あらかた作業を終わらせたとき、リビングから声が掛かった。

「愛歌、ちょっといいか？」

「なあに、お父さん？　どうかした？」

顔を出すと、父は眉間に皺《しわ》を寄せて立ち尽くしていた。両腕を組み、挑むようにして食器棚を睨《にら》みつけている。

「車の鍵はどこに仕舞ってあるんだ？」

探し物をしていたらしい。そんな恐《こわ》い顔しなくてもよさそうなものだけど、実はこれで困り顔なのである。知らない人が見たら誤解されること間違いなし。

「食器棚に入ってるわけないでしょ。玄関じゃないの？」

「玄関に無かったから探しているんだ。おまえ、知らないか？」

この家で車に乗るのは父だけだから（愛歌はペーパードライバーだった）、鍵を動かしたのも当然父のはずだ。

「最後に乗ったのっていつ？」

「……昨日だな。いつもどおり靴箱んところに掛けておいたんだが」

昨日、ということは仕事帰りに乗って以来になる。そこまでわかれば見つけたも同然だった、愛歌はまっすぐ父の部屋に入り、壁際にハンガーで吊《つる》されたビジネススーツのポケットに手を突っ込んだ。——やっぱりあった。

「車の鍵をポケットに仕舞ったまま脱いだのね」

はい、と鍵を渡すと、父は「むう……」と顔を顰《しか》めている。こんなことにも気づけなかった自分に呆れているのだろう。

「お父さん、大丈夫？　他にどこ仕舞ったかわからない物とか無い？」

「無い。心配するな」

「どうかしらね。お父さん失くし癖あるんだから。――ねえ、やっぱり私たちと一緒に暮らさない？　お父さん一人くらい増えたって平気よ。うちのマンション結構広いし」

仕事場の近くで暮らしたい気持ちもわかるが、娘としては父を一人きりにするのは忍びなかった。料理は作れるが、掃除や洗濯は愛歌の領分だったので今では碌《ろく》にできていないみたい。何より歳《とし》を考えたらこのまま一人暮らしをさせておくのは不安である。それに、

愛歌が結婚してから、父がなんだか小さくなったように見えた。

父はむっつりとそっぽを向くように、断った。

「……いらん世話だ。俺のことは放っておけ」

話は終わりだと言わんばかりに踵《きびす》を返して出て行く父。愛歌はその後を追おうとして、ふと立ち止まる。父の部屋の中に不釣り合いな物を見つけたのだ。本棚の手前、収まりきれずに床に積み上がった本や書類の束の中にぽつんと置かれた一体のぬいぐるみ。

ウサギのぬいぐるみだった。掌《てのひら》サイズの、ポケットの形をした袋にすっぽりと胴体を入れ込んだ、ウエディングドレス姿のウサギさん。純白のベールが高級感を漂わせており、女の子ならば一目で惚《ほ》れ込んでしまいそうなくらいに愛らしい。

壁掛け用なのか、ポケットの後ろ部分に垂れ下がる毛糸を摘《つま》んで目の高さにまで持ち上げる。いろいろな角度から再度眺める。愛歌の好みではあったが、見覚えがない。持っていたなら間違いなくお気に入りにしていたであろうその子は、うん、やっぱり知らない。

「父の趣味、……なわけないし。ぬいぐるみ遊びを卒業した後に来た子かしらね」

愛歌が大きくなっても、父は会社の同僚から玩具《おもちゃ》をたびたび押しつけられていたことを思い出す。このウサギもそのとき頂いた物だと勝手に納得する。何にせよ、父が持っていても無用の長物だろう。

玄関に行ってみると、父がなかなか履けない靴と格闘していた。

「出掛けるの？」

まあ、そのために車の鍵を探していたんだろうけれど。一応、確認。

「うん。お母さんに愛歌の結婚の報告にな。ずっと仕事が立て込んでいたから行けずじまいだった」

「お墓参り？　だったら私、先週も行ったよ？　式の後には旦那も連れて行ったし」

父はやっと靴を履き終えて、のっそりと立ち上がる。相変わらずの仏頂面で愛歌を振り返った。

その姿がどこか寂しげに映った。

「俺からも言わんといかんだろう。お母さんを安心させてやらないと」

夕方には戻ると言い残して父は出て行った。


午後になり、片付けも一段落着いたので近所に散歩に出掛けた。小さい頃はよく父と手を繋いでこの道を歩いた。肩車やおんぶを強請《ねだ》ったこともあったっけ。父は怒っているんだか困っているんだかわからない表情でワガママを聞いていてくれていた。

「……」

立ち止まり、来た道を振り返って改めて思う。

愛歌の人生の大半は父との思い出だった。

――それってつまり、お父さんの人生の半分以上を私が独占してきたってこと？

愛歌はそれでも異性に憧れ、恋をして、充実した青春を送ってきた。

父はどうだったろう。休日は必ず家にいたし、平日は遅くならないうちに仕事から帰ってきてくれた。会社での付き合いもあったはずだ、趣味や娯楽だってしたかっただろう、再婚だって考えられたはずなのだ、だけどそれらに一切見向きもしないで愛歌の面倒だけを見てくれた。

愛歌が嫁いでいくまで、父は『父親』を全うしたのだ。

それは、果たして幸せな人生だったのだろうか。

愛歌ばかりが幸せになっていく気がする。それを後ろめたく思ってしまう。

「……っ、やめやめ、こんなこと考えてても仕方ないでしょ」

すん、と洟《はな》を啜《すす》り、前を向いて再び歩き出した。

公園のベンチで一休み。ウサギのぬいぐるみを取り出し、眺めた。結局気になってしまい、父に内緒で持ち出してしまった。見覚えないはずなのに、どういうわけか、懐かしい感じがする。

「……なんだろう。デジャヴっていうのかしら。どこかでこれ、見たことある？」

しばらく唸《うな》って考えてみたが、思い出すことはできなかった。

突然スッと日の光を遮るように、人形に影が差した。目の前で人が立ち止まったのだ。顔を上げると、幼稚園児くらいの小さな女の子が愛歌の手元を覗き込んでいた。

「ウサギさんがポッケに入ってる。可愛《かわい》い」

「――――」

愛歌は少女に目が釘付《くぎづ》けになる。息を吞《の》んだ、その美貌《びぼう》に心を奪われていた。

なんという美少女か。黒髪のロングヘアは艶《つや》っぽく光沢を放っているし、ぱっちり開いたお目々、長い睫毛《まつげ》、果実のように瑞々《みずみず》しい唇、それらが小顔の中でバランス良く映えていて、まるでお人形のようだった。どこか色気を感じさせるしなやかな笑みは、花びらのようなフリルがちりばめられた可憐《かれん》な服装と相俟《あいま》って、逆説的に無邪気さを醸し出していた。

日の光を受けてキラキラと輝いている。

天使かと思った。

「名前はなんていうの？」

唐突に少女が話しかけてきた。

「あ、え、私の？」

問われて、しどろもどろになって訊《き》き返す。こんな美少女に今までお目に掛かったことがないから動転してしまった。

少女は不満げに唇を尖《とが》らせた。

「違うわ。このウサギさんの名前。あなたの名前になんて興味ないわよ」

きつい物言いだったが、少女の大人びた態度にぴったりはまっていたのでむしろ感動した。

それより、このな子供がいるだなんて、世の中広い。

「この子は、そうね、……歌。ウタちゃん」

「ウタちゃん？　ウサちゃんみたい。捻《ひね》りがないわね」

辛《から》い評価を付けられたが、少女は嬉《うれ》しそうにぬいぐるみを見つめながら愛歌の隣に座った。愛歌は少女に向けてぬいぐるみをちょこちょこ揺らした。

「じゃあ、ウタちゃんから質問。お嬢さんのお名前は何ですか？」

「わたし？　わたしの名前はテイっていうの。『百代灯衣《ももしろてい》』よ。『灯《あか》り』に『衣《ころも》』って書くの。珍しいでしょ」

「いい名前だね」

「ありがとう。よく言われるわ」

少女――灯衣は、愛歌の遊びに乗ってきた。

「テイちゃん、歳はいくつ？」

「この間五歳になったばかりよ。ウタちゃんは？」

「ウタちゃんはね、えーっと、……そう、五歳だよ。テイちゃんと一緒だね」

「そうね。奇遇ね。ウタちゃんのお家はどこ？」

「森の中だよ。テイちゃんはどこから来たのかな？」

「あっち。駅の近く。今日は天気がいいからお散歩していたの」

ぬいぐるみを使った会話ごっこをしているうちに、灯衣がとても利発な子供であることがわかった。この子は頭が良いだけでなく、要領もいい。自分が子供であることを自覚した上でごっこ遊びに付き合っていた。そうすることが大人受けすると知っているからだ。かといってあざとさはまるで感じられない。きっと天然で演じているのだろう。

想像だけれども、おそらくこの子は普段からたくさんの大人と接して暮らしているのだと思う。まだ就学前なのにここまで早熟なのは特殊な家庭環境に身を置いているからに違いない。

いや、それとも、親の影響か。この子にして、……どんな親だろう。想像が付かない。

灯衣がぬいぐるみを手に取って正面に掲げた。どうやらお気に召したようだ。あげてもいいんだけど、父の預かり物である可能性もあるので、可哀相《かわいそう》だが後で返してもらおう。

「テイちゃんは一人でお散歩してたの？」

「一人じゃないわ。パパも一緒なの。今はかくれんぼの最中なの」

「え？　じゃあ、大変だ。早く隠れないと鬼に見つかっちゃうよ？」

「大丈夫よ。わたしが鬼だから。今はパパが隠れる番」

ふふん、とどこか勝ち誇った顔をする。

「ええっと、それは……」

可哀相に。パパさんもまさか我が子が遊びをほっぽりだして見ず知らずの人とぬいぐるみ遊びをしているとは夢にも思うまい。それも隠れているパパを放っておいてだ。

「心配しなくてもパパならすぐに見つけられるんだから」

自信満々に言う。楽しくて仕方がないというその表情に、愛歌は思わず見惚《みと》れた。

本当に可愛い子だ。こんな子が娘だったらどれほど自慢になるかしら。

灯衣のパパさんにも少しだけ興味が湧《わ》いた。

「あ、ほら！　パパが来た！　ね、見つけたでしょ!?」

向こうから歩いてくる背の高い男性が手を振っている。灯衣は「ほらね！」自分の手柄の如《ごと》く胸を張る。うーん、あれは単に痺《しび》れを切らしたパパさんが反対に鬼を探しにきたんだと思うけど。

「作戦勝ちよ」

小憎らしい。でも可愛い。

男性が目の前に立つ。灯衣を見つめて、優しそうな顔を苦笑に歪《ゆが》ませた。

「テイが僕を探してくれないとゲームにならないよ」

「パパみっけ」

「んんー、見つけたのは僕の方なんだけど、テイの作戦勝ちか。参ったな」

あっさり負けを認めるパパさん。ズルをされたにも拘《かか》わらずどことなく嬉しそうだ。

灯衣を抱え上げて肩車する。勝者となった灯衣は満足げにパパさんの頭を撫《な》で付けた。仲睦《なかむつ》まじい親子はしばらくじゃれ合い、完全に空気と化した愛歌は呆《ほう》けたようにその様子を眺めていた。

不意に、パパさんが愛歌を見た。

「娘と遊んでくださったんですよね？　ありがとうございました」

とても穏やかで、優しい声。礼儀正しいし、見た目どおり好青年であるらしい。長身で細身、中性的な顔立ちと柔らかな物腰からモデルか何かだと思った。見つめられて、思わず見惚れてしまう。——いかんいかん、旦那に悪い。

そんなことより、愛歌はこの青年が一児の父であることにも驚いていた。だってどう見たって二十代前半。愛歌より確実に年下だろうし、五歳の子供がいるようには到底見えなかったのだ。それとも童顔というだけで、本当は見た目以上に歳を食っているのかしら。

パパさんがにこりと微笑《ほほえ》んだ。愛歌はどきりとする。

「僕は日暮《ひぐらし》旅人《たびと》といいます」

「はあ、どうも。西沢、じゃなくって！　ええと、川辺《かわべ》と申します」

思わず旧姓で名乗ってしまった。やっぱりまだ慣れない。苗字《みょうじ》が違うだけで自分が別人に変わってしまったように感じる。不思議な感覚だった。そういえば、人に新姓で名乗るのは初めてだ。

「川辺愛歌。愛の歌と書いてアイカです」

灯衣に倣《なら》って名を名乗り、漢字まで説明する。別にその必要はなかったが、新姓だけだと自分がいないような気がしたのだ。

「────、え？」

名乗ってから気づいた。危うく聞き逃すところだった。──ヒグラシ？　灯衣ちゃんと苗字が違う？

さりげなく旅人と、頭上の灯衣の顔を見比べる。二人は何を気にすることもなく穏やかな表情を浮かべていた。苗字が違っていることを問題にしていないみたい。

特殊な家庭環境、だろうか。

「…………っ」

その瞬間、愛歌の脳裏に父の姿が浮かび上がった。慌てて思考することを止める。考えてどうにかなるものでもないし、深みに嵌《はま》れば傷つきそうな気がしたのだ。この親子に当てられて父と自分を重ねてしまったようだ。

ああダメだ。わかっていても考えてしまう。思ってしまう。父に対する後ろめたい気持ちが愛歌の心をちくちくと蝕《むしば》む。

『西沢』と『川辺』。変わってしまった苗字。小さくなった父の背中。墓参りに行くと言ったときの寂しげな表情。

──私は、私たちはまた父を置いてきぼりに。

「でね、この子がウタちゃんっていうの。ほら、パパ見て」

かー」
「可愛らしいぬいぐるみだね。ポケットに入っているんだ。へえ、ウサギの花嫁さん
親子の声を聞いて我に返った。鼻の奥がつんとして、今にも涙が出そうになる。い
けない。結婚したばかりだというのに、こんなんじゃダメだ。このままここに居たら
いつ想いが溢れ出すかわからない。この親子とお別れして急いで実家に戻ろう。
ベンチから腰を上げかけた。そのとき、愛歌を留《とど》めるように、旅人がぬいぐるみを
見つめながら妙なことを口にした。
「それにしてもこんな目に見えないところにポケットを作るなんて不可解ですね。意
味があまり感じられない。意味があるとすれば、それは――」
「……………え？」
言葉の意味がわからず、思わず旅人の顔を見上げていた。
旅人と目が合って、呼吸が止まる。とても哀しげで、それでいてとても綺麗《きれい》な目を
していたから。灯衣を見つめるときのような、慈愛に満ちた目をしていたから。
旅人の優しい声音が愛歌の心をくすぐった。
「ぬいぐるみから製作者の想いが視《み》えます。――きっとこれは『未練』でしょうね」

「……本当だ」

愛歌は半信半疑のまま、旅人に言われたとおりに、ぬいぐるみをポケットから出して中を探った。ポケットの内側にはさらに収納用の小さな袋が縫い付けられていて、中身が詰まっていた。改めてぬいぐるみをポケットに戻すと、その部分だけがやけに膨らんで見えてしまい、不自然な出っ張りであることに気づく。

小袋の中からは折り畳まれた紙が出てきた。一番上に『道しるべ』と記されたその紙は、開くと掌サイズのメモ用紙で、三つの単語が書かれてあった。

『代次台　産婦人科　記念プレート』

まるで覚書のような簡素さ。何の意味があるのだろうと首を傾《かし》げる。

「愛歌さんのお人形じゃないんですか？」

「いいえ、父の部屋にあったものなんです。あ、でも、別に父の物ってわけじゃ……」

灯衣が覗き込み、漢字を旅人に読ませて神妙に頷《うなず》くと、真剣な表情を作った。

＊

「これは宝物の在処《ありか》を示した暗号だわ！」

子供らしい発想だった。確かに、そういったトレジャーハンティングゲームはテレビのバラエティ番組の企画でよく見掛ける。三つのキーワードからお宝の在処を見つけ出せ、とかなんとか。

旅人も同意するように頷いた。

「代次台《よつぎだい》は地名ですね。ここからですと、バスで十分くらいかな。産婦人科もあったと思います。そこにある記念プレートを調べればいいんでしょうか」

ゲームかどうかはともかく、『道しるべ』とある以上その場所に行けということだろう。目を輝かせている灯衣に苦笑する。しかし、愛歌は気が進まなかった。ぬいぐるみ自体愛歌の物ではないし、きっと父の物でもない。父の会社の人が下さった物、ならば、その暗号だかが書かれた紙も赤の他人が施したものに違いない。見ず知らずの自分が関わるのはいけない気がしたのだ。もちろんただの悪戯《いたずら》である可能性もあった。

そんな愛歌の思いも余所に、行く気満々になった灯衣が旅人の手を引っ張った。

「行きましょう！　お宝を見つけ出して大金持ちになるの！　家計が助かるわ！」

すごく現実的なことを述べる五歳児である。旅人は娘の嬉々《きき》とした様子に何とも言

えない表情を浮かべていた。普段、灯衣の周りの大人たちがどういう会話をしている
か垣間《かいま》見えた瞬間である。
「ほら、ウタちゃんも行くの！」
「えっ!?　私も!?」
ウサギのウタちゃんを摑《つか》んで、そのまま愛歌も立たされる。灯衣はじぃと愛歌を見
つめ、頷くのを待っている。拒否は許さない、とその目が言っている。なんだか甘え
られているようでくすぐったく、悪い気はしなかったが、どうしたものかと旅人を見
ると、旅人は申し訳なさそうに目を伏せた。
「お時間があるのなら、少しの間だけ付き合って頂けますか？　テイ、とても気に入
ったみたいですから」
そのお人形が、――って、私はついでか。
遠慮がちなようでいて断れない雰囲気を作っていた。なんというかこの親子、抜け
目ない。愛歌はやれやれと頭を掻《か》く。ここで強く出られないくらいには灯衣のことを
気に入ってしまっていて、そんな自分にほとほと呆れた。
「わかりました。じゃあちょっとだけ」
こうして、軽い気持ちで始まったトレジャーハンティング。

それは、父の人生を振り返る宝探しでもあった。

バスに揺られて代次台の産婦人科を目指す。距離にして五キロほどの距離だから、十分ほどで最寄りのバス停に到着する予定だ。

「さんふじんかって、お母さんが赤ちゃんを産むところでしょ？」

隣に座る灯衣が無邪気な顔で訊いてきた。

「そうよ。テイちゃんも、もしかしたらそこで生まれたのかも」

灯衣は、愛歌とは反対側に座る旅人に振り向く。父親に「どうなの？」と目線で尋ねていた。親子の何気ないやり取りはなんとも言えない幸福感を漂わす。ただ見ているだけでこちらの心もほんわかしてしまうもの。愛歌は仲睦まじいこの親子をうっとりと眺めた。しかし、――。

「……」

旅人は見上げてくる灯衣の頭を撫でるだけで答えなかった。どこか哀しげな表情を浮かべている。それを受けて、灯衣もまた何事も無かったようにウサギのぬいぐるみを手元で遊ばせ始めた。一体何だろう、と思いつつ、すぐに察した。

苗字の違う親子。いや、本当に血の繋がった親子かどうかも怪しい。灯衣が再婚相手の連れ子とか、親戚から引き取った養子とか、とにかくそういった事情があったのだとしたら今のやり取りも不自然なことではない。

――お母さんのことを口にしたの、まずかったかしら。

無言になった灯衣に申し訳ない気持ちになる。今から不用意な発言には気をつけよう。

それにしても、母親か。

愛歌は自分の母親のことをまるで知らなかった。

幼い頃に父に教えてほしいと強請ったことはあったが、そのとき父は随分渋っていて、ほんの触り程度しか教えてくれなかった。断片的に憶《おぼ》えていることは少しだ。

母の名前は典枝《のりえ》。父より二つ年上で、学生時代は父の先輩だったらしい。怒りんぼで泣き虫と言っていたから感情豊かな人だったのだろう。愛歌を産んで間もなく他界した。亡くなった原因が何なのかは結局教えてもらえなかったっけ。誰にとっても悲しい出来事である、母のことを語れば必ずそこに行き当たるから、父が最初から何も教えまいとしていたのもわかる話だった。

旅人も、もしかしたらかつての父と同じ境遇にあるのかもしれない。

間もなくバスは代次台のバス停に到着した。産婦人科はバス停に貼られた地図に大きく載っていた。徒歩五分の距離、ここからすでに白い外壁の大きな建物が見えていた。

『日下部《くさかべ》産婦人科』は日曜診療も行っており、ガラス扉の向こうでは女性スタッフが忙《せわ》しなく動き回っていたが、生憎《あいにく》と受付時間の十五時はとっくに過ぎていた。

「……仕方ないですね。今入ったら迷惑掛けちゃいそうだし、不審がられるわ」

見舞客を装って邪魔にならないように記念プレートを探す気でいた愛歌は、諦《あきら》めて帰りましょう、と親子を振り返る。しかし、旅人も灯衣もその顔に落胆の色は無かった。どころか、

「待合室に妊婦さんがいないのなら、好都合です。じっくりお邪魔できますね」

受付終了を示す札が見えていないのか、旅人はガラス扉の取っ手を押した。鍵が開いていたのはこの際運が良かったのか悪かったのか、わずかに開いた隙間から灯衣が滑り込んでいく。旅人もその後に堂々と続いていき、愛歌は呆気《あっけ》に取られた。

「愛歌さん、さあ、入って」

まるで我が家に招き入れるみたいに遠慮がない。愛歌はされるがまま診療時間終了後の院内へと足を踏み入れた。

院内の壁は淡いピンクやクリーム色で、不思議と気分を落ち着かせてくれた。入っ

て正面には待合室と受付があり、廊下は手前から順に事務室、処置室、診療室と続いていく。受付脇に掲げられた案内板によると、待合室側の奥に多目的ホールと階段があるらしく、二、三階部分は病室が並んでいた。分娩《ぶんべん》室は一、二階どちらにもあるようだ。興味津々に確認してしまったのは、近い将来お世話になるかも、という期待が高まってしまったせいだろう。愛歌はこっそりと紅潮させた頬を掻いた。

「少しお話をお伺いしてもよろしいでしょうか？」

受付で旅人が女性スタッフに声を掛けていた。ご高齢の女性で、名札に『助産師』と書かれてあった。

――え？

愛歌はようやくそれに気づいた。旅人と灯衣も、記念プレートのことよりもそっちが気になったようだ。旅人はそれを摑んで、辺りを見渡しながら、助産師さんに尋ねた。

「これ、ほとんどが同じ種類のぬいぐるみですよね。どうしてこんなにいっぱいあるんですか？」

そう。ポケットに入ったウサギのぬいぐるみが、待合室から受付まで、棚という棚の上に何体も置かれてあったのだ。愛歌の持つウエディングドレス姿のウサギは無かったものの、看護服姿のウサギやドレス姿のウサギなど、いろいろなバリエーションのウサギがポケットに収まって愛くるしく並んでいた。

助産師さんは入院患者の家族と勘違いしたのか、旅人たちの素性を問うこともせず、親切に質問に答えてくれた。

「ああ、それね。『ポケットラビット』よ。手作りキットっていうの？　随分と昔、ここに入院した妊婦さんの旦那さんがそれでいくつか手作りしたのが最初でね。そのうちの一つを頂いて受付のところに飾っていたら、来院したお母さんから問い合わせが相次いじゃって。玩具屋さんに手作りキットの注文を繰り返しているうちに院内中この子たちでいっぱいになっちゃったのよ。ああ、貴方たちもなの？」

ちょっと待ってね、と助産師さんは事務室へと引っ込んだ。ぬいぐるみを欲しがっていると思われたのだろう、きっとその玩具屋さんの連絡先を調べに行ったのだ。

「パパー、こっち来て！」

灯衣の声につられてそちらを向くと、待合室の壁に掛かった四角い銀板が目に入った。おそらくあれが記念プレートだ。旅人は銀板に近寄り、愛歌に聞かせるように内容を読み上げた。

「『あいのうた　天使は声高に泣く　生まれてきた喜びに満ちて泣く　あなたがここ

にいることを　あなたが生きていることを　知らせるように歌う声　愛にくるんだ歌う声』――三十年ほど前に開業した記念に掲げたものみたいです。詩は、日下部院長夫人が作ったと記されています」

「……これが宝物？」

不満そうに灯衣が言う。ある意味宝物が何であるかを示している詩だと思うが、わざわざぬいぐるみを使って誘導するほどの物であるかは疑問である。ありがちと言えばありがちな詩だった。

不意に旅人と目が合った。哀しげに澄んだ瞳が愛歌を捉《とら》え、瞬間、愛歌の鼓動が一際大きく跳ねた。旅人は視線を逸《そ》らすと、プレートの真下にある本棚の、一番上の段に収まっているぬいぐるみを手に取った。赤いシャツを着ただけのシュールなウサギだった。他のウサギに比べて色褪《いろあ》せており、デザインも簡素でどこか古めかしい。愛歌にそのぬいぐるみを手渡した。

「このぬいぐるみとそちらの花嫁ウサギ、同じ人が作ったものです」

「え？」

どうして、と訊く前に、ウサギが入っているポケットの側面を見せられる。そこには『西沢』という文字の刺繍《ししゅう》が施されていて、そのたどたどしい縫い跡に思わず固まった。

「どちらのぬいぐるみも裁縫に慣れていない人の手によって製作されたものです。とにかく縫い方が粗い。この単純作業に明らかに慣れていません。おそらくは貴女《あなた》のお父さんが作った物だと思われます」

「……」

実際、愛歌もそうと感じていた。『西沢』の文字に父の筆跡を見た気がしたのだ。

ならば、どういうことだろう。父はなぜこの場に誘導するような細工をぬいぐるみに施したのか。プレートの詩を読ませて何を伝えたかったのか。

「『道しるべ』というのはここまでの道を指していたのではなく、この後の道を指し示す暗号の在処を伝えていたのです。本当の『道しるべ』はこちらです」

旅人が詩の最後の行を指で差す。そこにあるのは『愛にくるんだ　歌う声』――。

「詩のタイトルは『あいのうた』。愛の歌、です。そして、ここにも同じ名前の物がある」

愛歌、のことではなく。

花嫁ウサギをポケットから外す。ウサギの足部分に社名が記入されたタグが付いているのに気づいた。会社のロゴマークが印刷された下には社名の正式名称が綴《つづ》られている。愛歌はそれを目にして、息を呑む。

『お人形コーポレーション・あいうた』

「あい、……うた」

呆然《ぼうぜん》と口にしていた。

「偶然ではないでしょう。──偶然、だろうか。愛歌さんのお父さんが図ったことなら必ず何かしらの意味があるはずです。愛歌さんのお名前の由来にも関係しているのかもしれません」

心臓がばくばくとうるさい。一体自分はどこへ向かっているのか。思わぬ展開に頭が付いていかない。

そのとき、背後から助産師さんが声を掛けてきた。

『お人形コーポレーション・あいうた』の連絡先と住所が書かれた紙を貰う。

この場所に行けと、何かが囁《ささや》いている。

*

この町の繁華街と言えば駅の周辺を指す。駅東口を出たらそこはオフィス街で、正面の国道沿いにビルディングが建ち並ぶ。噴水公園はその一角にあり、そこから路地を挟んだ向かい側のビルディング一階に手芸ショップ『お人形コーポレーション・あいうた』はあった。ガラスケースに並んだ大小様々な動物のぬいぐるみたちがお客様をお出迎え、灯衣はテンションを上げてガラスケースに張り付いた。

「パパ、見て！　変な動物がいるわ！」

「ああ、本当だ。これはアリクイだね。……なんでだろう」

ともかく、三人は店内に入ることにした。幸い、まだ営業中だった。

店内には、手芸用品をはじめ編み物や服飾に使う材料各種が陳列棚に所狭しと並べられていた。扱っている物はぬいぐるみ用だけでなく、裁縫道具は全般的に取り揃《そろ》えてあるようだ。手作りキットや出来合いの商品はぬいぐるみが大部分を占めているが、それ以外にも毛糸で編まれたセーターやキルトの壁掛けなども売っていた。

その中に、一押し商品として『ポケットラビット』があった。愛歌が手にしている花嫁衣装のデザインだけでなく、豊富な衣装が楽しめた。『オリジナルのポケラビを作ってみよう！』というポップの下には、見本としてスタッフが作ったポケットラビットが置かれている。様々な制服に身を包んだ『ポケットラビット』たちだった。

「ここで父は手作りキットを買ったのね。でも、どうして……」

父から『ポケットラビット』を贈られた例《ため》しがない。我が子にプレゼントする以外にどんな目的があったのか。『道しるべ』にしたってそう。あれは愛歌に宛《あ》てたものではない。

——誰をどこへ導きたかったの？　お父さん。

はしゃぎ回る灯衣を横目に店内をうろついていると、五十代半ばの女性が正面から愛歌の顔を覗き込んできた。

「もしかして、西沢愛歌さん？」

驚きつつも素直に頷くと、女性は花が咲いたように破顔した。

「やっぱり愛歌ちゃん！　ああ、本当に驚いたわ。だって愛歌ちゃん、典枝にそっくりなんだもの！　一目でわかったわ。典枝の子供だって」

突然のことに目を白黒させる。まさかこの場で母の名前を聞くとは思わなかった。

女性は『お人形コーポレーション・あいうた』の店長で、森崎《もりさき》薫子《かおるこ》さんといった。笑うとえくぼがはっきりと浮かぶチャーミングな小母《おば》様だ。

「お母さん、……母のことをご存じなんですか？」

「もちろん。私と典枝は高校の頃からの親友なの。それに、このお店の創設メンバーの一人が典枝だったのよ。あら、知らなかったの？」

知らなかった。そもそも母が就職していたことさえ初耳だ。眉を顰《ひそ》める愛歌を、薫子も怪訝《けげん》な顔で見つめ返す。

「だったらどうしてここに？　だって、じゃあここに寄ったのも偶然？」

「はあ、……あ、いえ、偶然というわけじゃなくて」

どう説明すればよいのか。父の部屋にあった『ポケットラビット』から出てきた『道しるべ』に導かれてやって来た、と正直に言ってもますます首を傾げられそうだ。

愛歌もどうしてここにいるのかわからなくなってきた。

困ったように辺りを見渡す。日暮親子は店の奥にいて、ショーケースの棚を見上げていた。そこに陳列されている少し古っぽいぬいぐるみを指差して笑い合っている。

「あちら、旦那さんと娘さん？」

薫子に誤解されていた。三人一緒に来店していれば家族に思われても不思議でなく、とはいえどのように説明すればいいのかもまた難しい。行きずりに宝探しを始めた仲か？　言い訳じみていて苦しいし、理解もされまい。

とりあえず「違います」とだけ答えておく。すると、旅人が薫子を呼んだ。

「すみません。ここに飾ってあるぬいぐるみなんですが」

「――ああ、そこにあるのは売り物じゃないんです。ごめんなさいね」

愛歌もショーケースに寄って見上げる。ケースの中にもいろんな『ポケットラビット』がいて、そこでは物語にあるような一場面が再現されている。例えば、大家族の団欒《だんらん》風景とか、ボールを追いかけるサッカー日本代表のユニフォームを着たウサギとか。すべてのウサギがポケットに入っているのでなかなかシュールな画《え》だ。

一つ一つ説明している薫子に、旅人はにこりと微笑みかけた。――まただ。旅人の目が哀しげな色を湛《たた》えると一瞬にして空気が変わる。薫子も感じ取ったのか、思わず口を噤《つぐ》んでいた。

それはドキッとする発言の前触れ。愛歌も知らず身構える。

旅人は挨拶を交わすような気軽さで、到底予想できなかった言葉を口にした。

「この、愛歌さんのお父さんが作った『ポケットラビット』を取り出してもらえませんか？」

これ、と指差した『ポケットラビット』はバギーオールを着た赤ちゃんウサギだった。

旅人の一言が、愛歌と薫子の会話を仕切り直すきっかけとなった。店番をアルバイトの子に任せて、愛歌たちは奥の事務所に通された。

このお店にやって来た経緯はさておいて、愛歌は父と母のことを薫子に尋ねた。ずっと父に訊けなかったこと——母が亡くなった原因が何なのか。薫子は若干渋りながらも「もう貴女も大人だしね」と観念したように答えてくれた。

「典枝と健也君は、高校時代は先輩後輩の仲だったの」

三十年ほど昔のこと、典枝は下級生の健也と友達になった。薫子はその具体的なきっかけを知らなかったが、家が近所とか趣味が似ていたとか、そういった細々とした事情が重なることで二人は気の置けない仲へと発展していったらしい。薫子も混じって、学校では三人でいることが多かった。

高校を卒業する頃から二人は付き合い始めた。服飾の専門学校へ進学した典枝と薫子は一緒にお店を持つという夢に向かって努力し続け、健也がそれを応援する形だった。

「楽しかったわ。健也君ってね、いっつも典枝にべったりだったのよ。完全に典枝に惚れてて、それが丸わかりで可愛かったわあ。典枝もお姉さん風吹かせて可愛がっていたし、お似合いの二人だった」

「……今の父とキャラが全然違うんですけれど」

可愛い父というのを想像して顔を顰める。薫子は「そりゃそうよ」と軽くいなして過去を懐かしむ。

「私と典枝でお店を開く軍資金を頑張って溜《た》め込んで、専門学校を卒業して二年が経《た》った頃にはお店を開けるまでに持って行けたの。そんなときよ、典枝が妊娠したのは。お腹に貴女が宿ったのよ、愛歌ちゃん」

「……」

「二人は喜んでいたけれど、……そこから辛《つら》い現実が待ち構えていた」

両家の両親が結婚に反対したのだった。典枝は社会に出たばかりの世間知らず、健也に至ってはそのときはまだ学生で、未熟と言われても仕方なかった。二人は家族の反対を押し切って駆け落ち同然に籍を入れ、健也は大学を中退して日雇いの仕事で生活費を稼ぎ、妊娠した典枝はせっかく開いた手芸ショップに勤めることもできず養生していた。

「それでもね、典枝も健也君も幸せだって言ってた。祝福こそされなかったけれど、好きな人と一緒に居られるんだから、これ以上の喜びはないって。――そうそう、典枝、冗談めかして言ってたっけ。将来、お腹の子が結婚式を挙げるとき、ついでに健也君との結婚式も挙げさせてもらうわって。……みんなに祝福されながら挙式するのが典枝の夢になったのね。本心では両親に認めてもらいたかったんだと思うわ」

今現在でも愛歌はどちらの祖父母にも会ったことがない。もはや今さらかもしれないが、いまだに二人の仲は認めてもらえていないのだ。

二人の馴《な》れ初《そ》めと、愛歌が生まれるまでの経過はわかった。想像でしか知らなかった母も、想像さえしたことなかった若き日の父も、実際を聞いてみるとすごく新鮮で知って良かったと心から思えたが、愛歌が本当に知りたいのはその先だ。

「……母は、どうして亡くなったんですか？　病気だったんですか？」

頑《かたく》なに話そうとしなかった父。きっと答えは別にある。

愛歌も薄々とだが勘づいていた。

薫子は哀しげに目を伏せて、言った。

「妊娠中毒症というの。二十年以上も昔の医療では今ほど設備も管理も十分ではなかったから、お医者様を責めることもできないわ。不幸な事故よ。誰が悪いわけじゃない。偶々《たまたま》そういう事例に典枝が当たっただけ」

決定的な言葉を避ける薫子の気遣いで、やっぱりね、と悟ってしまった。

――私を出産したことが原因だったんだ……。

不意に、いつも仏頂面を浮かべて笑顔を見せなかった父の姿が脳裏を過《よぎ》る。

人生の大半が父との思い出だった。愛歌のために尽くし、自分のことを投げ打って、弱音も愚痴も溢《こぼ》さずに強い『父親』を全うしてきた。――私のせいでお母さんが死んだのに。お父さんは私にただの一度も泣き顔を見せなかった。

なんて強い……。

胸が張り裂けそうになる、——これは罪悪感だ。

「それで、…………それで、愛歌ちゃんが生まれて、典枝がこの世を去った。その後のことは少ししか知らないけれど、健也君、随分苦労なさったみたい」

最愛の人を失い、子供だけが残された。

失意に暮れる暇すら無い。健也は愛歌を育てるために必死で働く必要があった。愛歌を保育施設に預けている間に働き、それ以外の時間を育児に充てた。乳児の頃は朝も夜も無かっただろう、幼児になってもきっと目が離せなかったはずだ。子供が高熱を出すたびに仕事を休んだ。融通が利かなくなれば転職した。貯金を切り崩しながら日々を凌《しの》ぎ、なけなしのお金で子供に玩具を買い与え、自分は身を粉にしてまた働いた。

「見ていられなかった。私も仕事があったから多くは助けられなかったけれど、それでも協力してあげたかった。……でも、健也君は頑なに一人で貴女を育てようとした。典枝の墓前で誓ったんですって。自分一人でも立派に育て上げるから安心してほしいって。

こう言ってはあれだけど、死んだ人よりも生きている人の方が大事じゃない？　倒れでもしたらそれこそ愛歌ちゃんを育てられなくなっちゃう。何度も言ったんだけど、健也君はね、それでも他人の力を借りようとはしなかった。それまでの典枝にべったりだった自分を変えようと躍起になっていたんだと思う。それと、実家の親兄弟に泣きついて堪《たま》るかっていう意地もあったんでしょうね。頑なに我を貫き通した」

そうして、いつの間にか仏頂面が素顔になっていた。

「……ッッ」

愛歌は堪《こら》えきれず涙を溢していた。

父がいつでもどこでも愛歌と一緒に過ごしてくれたのは、そういうことだったんだ。責任だったんだ。

もしも愛歌を無事に育て上げられなかったなら、それは亡くなった母のせいになりかねないから。一人でも大丈夫と見得を切った父は、母との誓いを守るために、その後の人生をすべて愛歌に捧《ささ》げた。愛歌を立派に育て上げ、花嫁にして送り出すことを生き甲斐《がい》にした。

そのときすべてを失うとわかっていながらも。

健也は『父親』をやり遂げたのだ。

「親孝行してあげなさい。今度は貴女の番よ」

薫子も涙ぐみながら、愛歌の肩を叩《たた》く。

愛歌は何度も何度も力強く頷いた。


『お人形コーポレーション・あいうた』を後にして、愛歌と旅人は次の場所へと向かった。バギーオールを着た赤ちゃんウサギからも、単語が書かれた紙が出てきたのだ。

『丘の森教会』

日も暮れていたので教会に問い合わせてみると、電話応対した神父さんが『西沢』の名前を聞くや「おいでなさい」と訪問を受け入れてくれた。再びバスで移動し、郊外にある丘の上の住宅街で降りる。バス停から坂道を少し上がったところに『丘の森教会』はあった。

愛歌と薫子の話に退屈して寝入ってしまった灯衣を抱っこして、旅人が先行して歩く。その背中を眺めながら、愛歌は薫子の言葉を反芻《はんすう》する。

「――そういえば、あの人って一体何なの？　どうして健也君が作ったぬいぐるみだってわかったのかしら。私も言われるまですっかり忘れていたのに」

赤ちゃんウサギは母が妊娠中にお店に飾ってほしいと言って持ってきた物らしい。薫子はその行為に意味があるとは考えていなかった。

父が作ったとする証拠はポケットの内側に縫い付けられた小袋とメモ用紙で十分だったが、念のため薫子にも縫い目を確認してもらった。すると、花嫁ウサギと赤ちゃんウサギが同一人物の手によって作られたことがわかった。薫子は自信なさそうにしていたが、どちらのぬいぐるみも拙《つたな》い裁縫で縫われていて、どことなく癖があったのだ。

「日暮さん、ちょっといいですか？」

旅人が振り返る。その目はこれから何を訊かれるか覚悟しているみたい。愛歌はなぜか神秘的なものを感じていた。あるいは、薄気味悪さ。西日の残光で全身を陰に落とした旅人が、実体を持たない幽霊のように見えてしまった。

消え入りそうなくらい、儚《はかな》げだ。

「貴方は一体何者なの？」

公園で出会ったときも、産婦人科に行ったときも、手芸ショップのショーケースを覗いたときも、彼は父のぬいぐるみの特徴を一目で見抜いた。それはどう考えてもあり得ないことだった。公園と産婦人科はまだしも、赤ちゃんウサギはケースに入って取り出せない状態だったのに父が作った物であると言い当てた。

初めから知っていたんじゃないかって、疑うレベル。でも、愛歌がぬいぐるみを父の部屋から持ち出したことは偶然で、公園で出会ったのもまた偶然だ。知っていたはずがない。

少しだけ沈黙を置いた後、旅人はふっと笑みを溢し、

「信じてもらえるかどうかわかりませんが」

自分の目を指差して、語り始めた。

「僕の目は、人には見えないモノを視つけることができるんです。いや、正確には、見る必要の無いモノまで視えてしまう」

「人には見えないモノ？」

思わず首を傾げていた。マジックの種を明かしてもらう段になって、なおも煙《けむ》に巻かれているような感じ。怪訝な顔をする愛歌を見つめて、その目は一層哀しげな色を映した。

「はい。見る必要の無いモノ。――そうですね。たとえば、愛歌さんなら音や声はどこで聴きますか？　匂いはどこで嗅ぎますか？　味や温もりや固さや重さはどうやって確かめます？」

「えっと……」

何を言っているのかわからなくて、言葉に困る。自覚しているのか旅人も苦笑する。

「音は耳で聴けばいい、匂いは鼻で嗅ぐものです。けれど僕の目は、音も匂いも味も感触も、すべてを可視化して映し出してしまう。そういう特別な目をしているんです」

「……共感覚、とかそういう話かしら？」

ある刺激に対して、本来受け取るべき感覚とそれとは異なる別の感覚を同時に知覚する症状のことだ。音楽を聴いたとき同時に色を感じたり、特定の形を見たとき同時に味を覚えたりするらしい。五感が受け取った情報を違った知覚として認識するのだ。

「ああ、それに近いものはありますね。でも、僕の場合、共感覚ではないんです。一つの感覚に五感のすべてが宿っている。視覚が他の四つの感覚をも補っている。僕には視覚以外の感覚が存在しませんから」

あっさりとした告白に、すぐには理解が追いつかなかった。

視覚以外の感覚が無い――？　そんな馬鹿な、と思った。旅人にそのような障害があるようには到底見えなかったから。

「ふざけているのなら、ちょっと笑えないんだけど」

「本当ですよ。僕には、聴覚も嗅覚も味覚も皮膚感覚も存在しません。在るのはこの視覚だけ。だから視えるんです。音や、匂いや、味や、感触、――常人には見る必要の無いモノが。少し複雑な話になりますが、五感は完全に失われたわけではない、というのが僕を知るお医者さんの考えです。きちんと耳で音を聴き、鼻で匂いを嗅いでいる。ただ、刺激を受け取った脳が知覚として変換する際、その情報をすべて視覚に取り込むのだそうです。間違っているのは脳処理で、五感はきちんと生きている、と。……そうであればいいと思いますが、実際に僕の手はどんな温もりも感じ取ることができません」

今抱いている灯衣の重みも温もりも感じられないのだと言う。寂しげな表情の中には諦めの色が滲《にじ》んでいた。

五感をすべて視覚で補うとはどういう世界だろう、――愛歌はすぐさま漫画をイメージしていた。音や声や匂いを視覚的に表現する方法として一番想像しやすかったのだ。本当にそんな世界なのだろうか。

「信じられないわ。だって、貴方の言うことが本当なのだとしたら、見えない範囲の事柄には反応できないことになるでしょ？　でも、さっき私が背中に呼びかけたとき貴方はきちんと振り返った」

「ええ、視えていましたから。僕はずっと『気配』や『空気』を捉えていました。感覚が正常な人でも、背中で『今、背後で何かが動いた』と感じることがあるはずです。音は振動ですし、愛歌さんはそこに居て動いている。空気の質や流れの変化が音になりますから、それさえわかっていれば、呼びかける声は視えるんです。逆に言えば、そこにいない人の声は視えません。僕は電話で会話ができないんですよ」

それは素直に不便だなと思うものの、やはり受け入れ難い。

納得のいかない愛歌に、旅人は機嫌を損ねることなく、微笑んだ。

「信じられないのは当然です。この感覚は僕にしかわからない。伝えて理解されるものでないことくらいわかっています。ただ一つ確かに言えることは、僕の目はどんな失くし物も、隠し事も、見つけ出すことができる」

実際にぬいぐるみから西沢健也の『特徴』を見つけ出した。この事実は覆らない。信じられないけれど、嘘《うそ》を吐《つ》いているとも思えなかった。だってその必要が無いから。愛歌を騙《だま》すにしてもそのことに意味があるとは思えないし、仮に目の神秘が嘘だったとしても今の状況が変わるわけではない。手段や過程がどうであれ、今この場にいるのは愛歌の意志だ。旅人は愛歌をサポートしているに過ぎない。

「隠し事がわかるって言ったけれど、じゃあこの先には何があるかわかっているんですか？　父が私たちをどこに連れて行こうとしているのかも？」

この宝探しの終着点には一体何が待ち受けているのか。

旅人の目にはすでにそれが映っている？

「それはわかりません」

しかし、旅人は首を横に振った。目に見えていない範囲のことだからだろうか。

彼の胸の中で眠る灯衣はまるで無垢《むく》な天使のようだった。その寝顔を愛おしげに眺める旅人が、ぽつりと呟いた。

「教会に何があるのか、その先に何を用意しているのか、わかりません。でも、父親としての健也さんの気持ちはわかっているつもりです」

穏やかな声だった。

「お気づきかもしれませんが、この子は僕の本当の子供じゃありません。訳あって里親をしているんです。でも、僕はテイのこと、実の娘のように思っています。愛しているんです。この子のためならこの目を投げ打っても構わないと、そう思えるほどに」

慈愛に満ちた表情で灯衣の前髪をそっと撫でる。愛歌はそこに在りし日の父と自分の姿を探した。

「愛歌さんは罪悪感をお持ちなのでしょう。自分のせいでお母さんを亡くされて、健也さんの人生を犠牲にしたと、そう思い込んでいるんじゃないですか？　隣で話を聞いていただけの僕に、健也さんの本当の気持ちなんてわかるはずありませんが、けれど、だからこそ、信じたいです。親は我が子の幸せを願うもの、――願い、育むことそれ自体が親にとっての幸せなのだと」

親でいられることの幸せを謳《うた》うのだった。

この親子に、果たして、昔の父と自分を重ねられるだろうか。血の繋がりがあっても不幸な家族は世の中にたくさんいる。逆に旅人たちのように赤の他人であっても親子の愛情を育める人だって存在する。愛歌の場合、血の繋がりがあって、さらに愛情も育んでこられたと思う。最も幸せな、理想的な親子関係を築けたはずだ。

「父は本当に幸せだったのかしら？」

少なくとも、愛歌は幸せだった。

父にとってそれが不幸なことだったとは思いたくない。

「幸せだったに決まっています。だって愛歌さんは今、幸せなのでしょう？」

ならば親としてこれ以上の喜びはない、と肯定してくれた。思い上がりじゃない、そうと認めなくては逆に父に申し訳なくなる。

胸を張ろうと決めた。

幸せになれたのは貴方のおかげですと、今すぐ父に伝えたかった。

「私も貴方の目のこと信じたいと思うわ」

父が幸せだったとお墨付きをくれた旅人の言葉を確かなものにしたくて。

旅人はただそれだけで嬉しそうに微笑むのだった。

八十年の歴史を誇る教会は、夕闇の中、荘厳として佇《たたず》んでいた。ミサが終わり信者が帰っていった聖堂内には、ご高齢の神父さんが一人残っていた。愛歌に目礼すると静かに近づいてきた。

「西沢さんでございますね。ずっとお待ちしておりました」

手には『ポケットラビット』のぬいぐるみ。タキシードを着たウサギだった。愛歌の手にある花嫁ウサギと赤ちゃんウサギに気がつくと、神父さんは皺だらけのその顔に温かみのある笑みを浮かべた。

「貴女のお父様からお預かりしていた物です。お返し致しますね」

ウエディングドレスのウサギは、赤ちゃんウサギを抱いて、最後にタキシードのウサギに迎えられる。不意に手芸ショップ店内にあったショーケースを思い出した。これはきっと父が再現しようとしたドラマに違いない。

「愛歌さん、ポケットの中には何が入っていますか?」

尋ねてきた旅人は、すでに視えているのか、哀しい目を向けていた。

布の上から触れた感じでは、紙ではない。固い何かが隠されていた。愛歌も触れた瞬間、すべてを理解した。

「日暮さん、私、父に親孝行したいと思います」

「きっと喜んでくれますよ。健也さんも。——もちろん、典枝さんも」

そうだといい。

三体のぬいぐるみを抱いた愛歌の頬を一筋の涙が伝った。

＊

それから週に一度は墓参りに行くようになった。

愛歌が新婚生活に慣れたらしく実家に片付けに戻ってくることもなくなったので、健也は時間を持て余していた。一人で過ごす休日はこの数年珍しいことではなかったが、愛歌が嫁いで気が抜けたせいか、無趣味であることに今さらながら気づいた。日がな一日ぼうとしていては心身に悪かろうと思い、苦肉の策として妻の墓参りを習慣にした。

墓前で腰を屈《かが》めて、語りかける。

「典枝さん、なんだか気が抜けてしまったよ」

愛歌を育てるためにしゃにむに働いてきたのだ、その生き甲斐を取り上げられてしまえば、今の健也に生きる目標は無い。

「娘にはウエディングドレスを着させたいって、典枝さんは言っていたね。俺は、君にだって着てほしかったんだ。下手《へた》くそなドッキリまで考えたというのに、披露する前に逝ってしまった」

典枝が考案した『ポケットラビット』を使った宝探しゲーム。ゴール地点ではあるサプライズを用意していた。それは典枝が望んだ夢だった。結局果たされることのないまま、今までほったらかしの状態だ。

「今さら回収しに行くのもね。昔は君が死んでしまって辛くて気が進まなかった、その後は愛歌を育てるのにそんな暇さえ無かった。教会の神父さんに押しつけたままだよ」

まったく馬鹿だね、そう言って自嘲する。

眉間に付いた皺はもはや消えることはない。おまけに笑い皺が無いせいでいつも怒っているような顔つきである。人生は顔に出ると言うが、健也の人生が余裕の無いものであったことを証明しているようだ。

「でもね、俺は満足だよ。愛歌を嫁にやれた。君にウエディングドレスは着せてやれなかったが、俺たちの娘には着させてやれたんだ」

親の責務を、典枝との誓いを、果たすことができた。

やり遂げたんだ。

「褒めてほしいね」

さて。

今後はどう生きようか。一人きりになってしまった自分に叶《かな》えたい夢は無かった。再婚は難しかろう。こんな冴《さ》えない男を好きになるような女性は典枝以外にいないと思うし、何よりそのつもりもない。これからも一人だ。

——好きに生きるか。

やりたいことを探す人生もよかろう。立ち上がり、空を見上げる。梅雨《つゆ》時期に入ったというのにカラッとした晴天である。行楽にはちょうど良い陽気であるが、いきなり活動的になれるほどの精力はまだ無い。今日もまた家でごろごろ過ごすとするか。

お墓を後にしようとしたとき、目の前に愛歌の旦那――娘婿が現れた。

「お義父《とう》さん、探しましたよ」

「うん？　どうしてここに？　愛歌も一緒かな？　――お、おい」

娘婿に手を引かれて、駐車場で彼の車に乗せられる。「お義父さんの車は後で回収しますよ」と有無を言わさずに連行された。

連れて来られたのは『丘の森教会』だった。訝《いぶか》しく思いながらも、妙な因縁に心がざわついた。娘婿は悪戯っぽい笑みを浮かべるだけで最後まで説明しようとしない。

背中を押されてチャペル横にある結婚式場の会館に入る。そのブライズルームに足を踏み入れたとき、健也は思わず息を呑んだ。

「………愛歌か？」

愛歌がウエディングドレスを着ている。ほんの二ヶ月前にも同じ姿を見ているはずなのに、健也には一瞬それが愛歌だとはわからなかった。もうウエディングドレスを着るはずがないという思い込みと、生前の典枝の姿が重なったせいである。

「お義父さんはこれに着替えてくださいい。今日の主役はお義父さんですからね」

わらわらと湧いて出てきた式場スタッフに好き放題されて、いつの間にか白のタキシードを着せられていた。

「これはどういうことだ？　なあ、愛歌？」

名を呼んでも愛歌は微笑むだけで返事をしなかった。――あれは本当に愛歌だろうか。顔も仕草もどうしたわけか典枝にしか見えない。

おもむろに愛歌の左手が上がる。手の甲を向ける形でかざされたその指に、――薬指に見覚えのある指輪が嵌められていた。健也は言葉を失った。

その指輪は典枝にプレゼントするつもりで隠していた婚約指輪だった。愛歌が生まれて落ち着いたらすぐに結婚式を挙げようと計らった、健也の一世一代のプロポーズ。自身に見立てたタキシード姿のぬいぐるみに託したまま、眠り続けていたはずなのに。

「今日、お父さんとお母さんの結婚式をしようと思うの」

愛歌が言った。間違いなく愛歌の声だ。催眠から解けたみたいに目を瞬いて、健也はようやく娘たちの思惑を察した。

「私がお母さんの代わりでごめんね」

「……………」

何を言う。

これ以上の喜びがあろうか。

「――驚いた。やっぱり君はお母さんにそっくりだよ」

涙が滲む目を細めて、健也はようやく笑うことができた。

娘と共にバージンロードを歩いて行く。

父は照れ臭そうに花嫁をエスコートしていく。

母の名前が神父の誓約の言葉の中に唱えられ、二人は示し合わせたように天を仰いだ。

これは家族の絆《きずな》を結ぶための儀式だ。

バージンロードが人生を意味する道だというのなら、この道に終わりはなく、『親子』であることもまた終わらない。置いてきぼりにしたとか、一人きりになったとか、すべて錯覚だ。

公園で遊んだ帰りに手を繋いで歩いたあの道からずっと続いていたのだから。

感慨深く過去を思い返す父に向かって、

――なんだか小さい頃を思い出すね。

娘はそう言ってはにかんだ。

＊

結婚式の写真がプリントされたポストカードが駅裏の雑居ビルの郵便受けに投函《とうかん》された。表札部分が空白になっている郵便受けは六階フロアの住所であり、ポストカードの宛先には『探し物探偵事務所』とはっきり書かれてあった。

事務所奥の住居スペースに駆け込んできた百代灯衣が、満面の笑みを浮かべてポストカードを父親に届けた。

受け取った日暮旅人は柔らかく微笑んだ。

「ねえ、パパ。わたし、将来パパと結婚するからね。約束よ」

じゃれてくる灯衣を抱きかかえて、旅人は愛おしむように灯衣を見つめた。

——いつまでそう言ってくれるだろうか。

胸がほっこりと温かくなる。

こうした他愛のない積み重ねが愛情を育てていくのだろう。この娘が嫁いでいくとき、きっと泣くだろうな、と旅人は密《ひそ》かに思う。ポストカードに写った父と娘の華やかな姿が少しだけ羨《うらや》ましい。

バージンロードを歩く二人の姿。

そこには三人分の『愛』が視えていた。

＊　　＊　　＊

「結婚式を挙げようよ」

「挙式？　私たちの？　お金掛かるわよ？　大丈夫？」

二人で暮らし始めた狭い部屋の中、ベッドの傍らに座る健也は、身重の典枝に大きく頷いてみせた。

「何も披露宴をしようというわけじゃないよ。お腹の子がさ、歩けるようになったら三人でバージンロードを歩くんです。いいと思いません？」

「ふうん。相変わらずロマンチストだね、健也君は。でも、きっと難しいよ。愛歌ちゃんが歩けるようになる頃って、一番子育てに熱中している時期だと思うし」

その指摘は、どちらの両親とも疎遠である環境をも含んでいる。両父母に子供の面倒を見てもらえないから、挙式の準備に時間を割くのが難しいだろうという憶測である。健也は顔を渋くしながらも、ふと思い出したように「愛歌ちゃん？」訊き返した。

典枝は嬉しそうに頷いた。

「そう。この子の名前。女の子ってわかってるから名前付けちゃった。駄目？」

「いいと思いますよ。可愛い名前だ。社名から取ったの？」

「うん。というか、逆なの。将来女の子が生まれたら『愛歌』って付けたかった、昔からの夢だったの。社名にしたのは、全然結婚とか考えていなかった頃でさ、そっちで夢を叶えた気になろうとしたからなのよ。会社も我が子同然だしね」

「愛歌。アイカちゃん。うん、本当に良い名前だ。きっと可愛くなる」

今から親馬鹿でどうするの、と典枝は呆れて笑う。

「それで？　さっきから何を一生懸命作っているの？」

「ん？　これ？　ふっふっふ、後のお楽しみだよ。予定日までに完成させて、典枝さんが退院したそのときプレゼントします。それまで内容は秘密」

せっせとぬいぐるみを縫っていく。たどたどしいその手つきは見ていてハラハラするものの、典枝はあえて何も言わなかった。

——だってそれ、うちの商品じゃない。『花嫁ポケラビ』。バレバレだよ、健也君。

この間はタキシードを着た『花婿ポケラビ』を作っていたっけ。どのようにして使うのかはわからないけれど、きっとプロポーズのための小道具だと典枝は察していた。

——もうちょっと上手に隠せないかなあ。

そんな不器用なところも可愛くて、典枝はますます健也のことが愛おしくなった。

「ねえ、結婚式を挙げるなら、愛歌ちゃんがお嫁に行くときに一緒にさせてもらいましょうよ。そうすれば安上がりだし、それで十分じゃない？」

意地悪を言ってみた。すると健也は期待どおり取り乱してくれた。

「ええ⁉　そんなに待てないよ！　それに、愛歌ちゃんが嫁ぐってそんな……」

「あははは、なあに、もうお嫁にやる気ないの？　——愛歌ちゃん、大変だねえ。パパはどんな彼氏を連れてきても反対するって言ってまちゅよ〜」

「そんなこと……」

拗《す》ねて顔を伏せる。反論しないのは、本人さえも気づかなかった図星を指されて戸惑っているからだ。子供っぽい健也は可愛くて、そんな健也をからかうのが大好きだった。お腹の子が健也との愛の結晶だと思うと幸福感に浸れた。

幸せ……。

涙が出そうなくらい、満ち足りた日々だ。

「三人で歩こうね。バージンロード。――ああ、また一つ大きな夢ができちゃった」

小さい規模で、少人数の友人たちに祝福されながら歩くバージンロードを夢想する。

すると、愛歌がお腹を蹴ってきた。典枝は笑って健也に報告する。

この子もバージンロードを歩くのが待ち遠しいみたいだね――、と。


（了）

犬の散歩道

――風を切って駆け抜ける。

大勢が歓声を上げている、その中へと飛び込んでいく。

いくつもの大きな掌が頭を撫でていき、偉いな良くやった、と口々に褒め称《たた》えていく。気を良くして、調子に乗って、せがむように何度も尻尾を振った。強請られた彼らは注文に応えるように、再び、大きく遠くにボールを投げた。

何度でも駆け出す。大地を蹴る四本の足は隆々と力強く、尖ったように突き出た鼻先は目標に向かって慌ただしく方向転換を繰り返す。転がっていくボールを咥《くわ》えて折り返すと、彼らは両手を広げて待ち構えてくれていた。その胸に、嬉しげに飛び込んだ。あまりにも楽しくて、感情を抑えきれずに吠《ほ》えていた。

いつまでも尻尾を忙しなく揺り動かした、確かにあった幸福の日々――。

＊　　＊　　＊

朝方六時頃、郵便受けに新聞の朝刊を取りに行くと、決まって野良犬が家の前を通りかかる。寝間着にサンダルを引っ掛けた姿のまま、高年の主婦は玄関から市販のロールパンの袋を持って来て、野良犬の名前を呼ぶ。

「タロ、おいでぇ」

野良犬は警戒して動かず、じっと主婦を睨みつけている。地面にパンを一個置いて玄関に引っ込み、十数えて外に出ると、野良犬はパンと共にどこかへ消えてしまっていた。

彼女の日課だった。野良犬が、どこから来て、どこに行くのかは知らないし、頭を撫でさせてもらったこともないけれど、なぜか不思議と愛着が湧いた。一向に懐かない憎たらしい態度が逆に可愛く見えてしまうらしい。日課を終えた主婦は満足げに家の中へと戻っていく。

午前八時。登校途中の小学生の一団が市営グラウンド脇の通学路で立ち止まっている。フェンス越しに野良犬の姿を見つけては、「クロ!」「ポチ!」「ダイアン!」思い思いに違う名前を呼んでいた。木陰でうずくまる野良犬は煩わしげに顔を背け、子供たちが飽きて立ち去るのを待ってから、のっそりと立ち上がってわずかに開いたフェンスの隙間から出て行く。

午前十一時半頃、とある中華飯店の裏口から料理長の仏頂面がやおら顔を出す。一服ついでに仕込み時に出た残飯をボウルに入れて裏口に放置し、さりげなさを装って周囲を何度も見渡している。

昼時が過ぎ、手が空いた隙に再び裏の戸口から顔を出す。無駄飯喰《ぐ》らいが残飯に手をつけるのは吉祥だと勝手に決めつけていた。ボウルの中身を確認すると、仏頂面の中にほのかに笑みらしいものが浮かんでは消える。明日も良い一日になりそうだ。

午後二時を過ぎたあたりから住宅街はにわかに犬の鳴き声で騒がしくなる。野良犬の悠然とした歩みは、柵の間に鼻先を突っ込む番犬をことさら挑発しているようであり、しかし一切歯牙《しが》にもかけない態度がまた飼い犬の神経を逆撫でしていた。なんとでも吠えるがいい。柵を越えられない限り、おまえらのそれは負け犬の遠吠えだ——、野良犬の堂々たる威風がそのように物語る。

駅前の人混みを抜け、繁華街では綺麗に着飾った女から嫌がられ、それでも歩を進めているとやがて川沿いの道に出る。下流方向へ二つ目の道路橋を渡り、ショッピングモールを右手に迂回《うかい》していく、すると下町の商店街が見えてくる。商店街を突っ切った先には田畑が広がり、その中に閉鎖された工場が静かに佇んでいる。お気に入りのお昼寝スポットだった。敷地内にとぼとぼ入って行くと建物の陰に身を潜めて一息吐く。それからしばらくは夢の中だ。――尻尾を振っている。良い夢を見ているに違いない。

日が傾いてきたら、来たときとは別のルートで戻り始める。野良犬に餌《えさ》を与えたがる物好きはあちらこちらにおり、すべてを把握している野良犬はその日の気分で『餌場』を選んでいた。今日は公立高校の脇を通るルートにしたようだ。学校帰りの高校生がお弁当の残りを食べさせてくれることがあるのだ、野良犬は尻尾を一際大きく振って闊《かっ》歩《ぽ》する。

女子高生に囲まれた野良犬は餌を寄越せと唸り声を立てる。人を怖がらないくせに、馴れ合おうとする輩《やから》には牙《きば》を剝《む》く。誠に身勝手な野良犬ではあるが、それでも構いたくなるのはいつか頭を撫でてやろうという下心があるからだ。餌《え》付《づ》けをする人間は皆この野良犬の特別になりたがった。女子高生たちは「社長」「チョコちゃん」「為五郎」と別々の名前を呼んでは面白がり、食事を済ませた野良犬はうんざりするようにその輪からさっさと抜け出ていく。

寝床は特に定めていないらしい。野良犬はそのときそのときを生きている。一番のお気に入りは公園にあるスベリ台の下だ。巨大な台座の中は空洞になっていて広さもあり、雨避《あまよ》けにもなるし、子供がまき散らしたお菓子のくずまで付いてくる快適空間。

野良犬はスベリ台の下を今夜の寝床に決めて、公園の中へと入って行く。

「きったねえ犬。こっちくんな」

公園にたむろしていた若者の一人が拳大《こぶし》の石を投げつけた。後ろ足に直撃し悲鳴を上げて悶《もだ》え転ぶ野良犬を、若者たちは嘲笑した。

「外したやつ、全員にジュース奢《おご》りな」

ちょうどいい大きさの石が見あたらず、仕方なしにゴミ箱から空き缶を取り出して投げるが、重さが足りないせいで狙いが外れてしまい地面に落ちた。カァンと響いた高音に野良犬は驚き動転する。その反応が笑えた、若者たちは次々に空き缶を投下し、野良犬を威嚇し続ける。その場でぐるぐると回る野良犬。目を見開いて牙を剝き、興奮のあまりよろめいた拍子に涎《よだれ》をまき散らす。若者たちの嘲笑が、落ちてくる空き缶が、野良犬の神経を刺激する。

逃げることは許されないのだ、野性が野良の唯一の武器である。

野良犬はその場でぐるりと大きく弧を描いて助走し、若者の群れの中へと一直線に、一息に、突進していく。一番手前にいた人間に跳躍、そして、露出した肌にその牙を食い込ませた――。

犬種、シェパードの雑種。

体重、推定四十キロオーバー。

野良化した大型犬は非常に危険である。嚙《か》まれた十八歳の少年は手足に咬傷《こうしょう》の痕《あと》と、外を出歩けなくなるほどのトラウマを負ったと訴えているという。

通報を受けた保健所が野良犬の処分に動き出すのも時間の問題である。

＊

駅の西口界隈《かいわい》は猥雑《わいざつ》な繁華街だが、昼間は火が消えたように静まり返っている。

繁華街の中程にある雑居ビルの六階――『探し物探偵事務所』のリビングも、外に負けず劣らず静寂で、むしろ重苦しい雰囲気さえ漂っていた。

険しい表情を浮かべる百代灯衣が、時折、苛立《いらだ》たしげに「んー」唸り、じろりと周囲の大人たちを睨《ね》めつけている。普段からの、五歳児の女の子とは思えない大人びた物腰と利発さと感性（ついでに大人顔負けの艶っぽさ）が、向ける視線にさらなる威圧感を与えているようだ。子供のただの癇癪《かんしゃく》ではない、非難を含んだその眼差《まなざ》しに大人たちは諭すのを諦めたように目を逸らす。

食卓のテーブルに着いて背中を向けていても鋭い視線をビンビン感じる。山川陽子《やまかわようこ》は嘆息し、パソコンのキーボードを叩く手を思わず止めた。

「終わりました？」

陽子の動作に目敏《めざと》く気がついた旅人が声を掛けてきた。沈黙を打ち破るその声に陽子の緊張も一気に弛緩《しかん》した。

日暮旅人——灯衣の里親である。陽子が勤めているのぞみ保育園の利用者で、陽子と旅人は、灯衣を挟んだ保育士と保護者の関係に当たる。

また、旅人はこの事務所の所長で、目に不思議な力を持つ探偵でもあった。探し物専門というだけあって、その目を駆使すればたちどころに失《う》せ物を見つけ出してくれる。陽子も大切にしていたキーホルダーを見つけてもらったことがあり、それ以来旅人とは何かと関わり合いを持つようになった。

今日こうして事務所にやって来たのも保育士としてではなく、友人としてある用事を頼まれたからだった。

「……」

陽子は再度項垂《うなだ》れる。自分で『友人』にカテゴライズしておいて勝手に胸を痛めてどうする。旅人に惹《ひ》かれて、けれどその恋が前途多難であることを知ってしまった今では、心はどうしようもなく消極的になる。いけない、顔を上げないと。

旅人の顔が真横にあった。

「どうかしたんですか？　何か問題でもありました？」

背後から覆い被《かぶ》さるように、陽子と同じ目線からパソコンのディスプレイを覗き込んでいた。頰と頰がくっつきそうな距離に陽子は「んひ」と喉の奥で奇声を発する。

背筋が伸びる。旅人の綺麗な顔が間近に迫る。顔が、熱い。

「よ、陽子先生!?　体調が優れないのでしたら無理して頂かなくても良かったのに」

きっと旅人の目には高熱を出した陽子の『体温』が視えているのだろう、珍しく取り乱した。いやまあ、顔を真っ赤にしていれば誰だって気がつくだろうけど。

心配そうな顔で陽子の額に手を伸ばす旅人。その手を両手で咄嗟《とっさ》に受け止めた。

「だ、大丈夫です！　なんでもないですから！　これは発作のようなもので！」

この上顔に触れられでもしたらひっくり返ってしまいそうだし、その前にどんなはしたない声を上げるか自分でもわからない。深呼吸を繰り返して平静を取り戻し、力いっぱい笑顔を作ると、旅人はとりあえず手を下ろしてくれた。

「無理はしないでくださいね」

優しい言葉を掛けられて、ようやく落ち着くことができた。

ちょっとだけ勿体《もったい》なかったなー、と思いながら仕切り直す。

「いえ、問題はないです。ちょっと手を休めていただけで」

「すみません。こんなに時間の掛かるものとは知らなかったんです」

二人は改めてディスプレイに表示されているHTMLファイルを見直す。インターネットに上げる『探し物探偵事務所』のホームページを作成しているのだ。まだ文字列を組んでいる最中なので出来上がりは見られないが、陽子はのぞみ保育園が運営しているホームページを何度か担当で更新したことがあり、そのたびに習得したデザイン技術を惜しみなく出し切っているので、自信はある。十日以上も前から準備しており、今はその最終調整の段階だ。

「もうすぐ終わりますよ。あとはサーバーにアップするだけですから。楽しみにしていてくださいね!」

旅人の発案だった。ホームページを開設して広告を出し、集客を図ることが目的だ。旅人らしからぬことだと思うけれど、陽子は納得もしていた。

旅人の長年のわだかまりが解消されたことが心変わりのきっかけなのだと思った。

旅人が抱えていた闇は、両親を殺した人間への復讐《ふくしゅう》。犯人が捕まったことで一応の決着が見られたが、それで旅人の心が晴れるとは思っていない。陽子も事件に巻き込まれたが深い部分までは把握しておらず、きっと陽子の与《あずか》り知らないところで旅人を変える何かがあったのだろうと踏んでいる。

　これでいいと思う。それまでの旅人は自らの経歴さえも消して回っていた。後腐れなく消えていけるようにと。でも、ホームページを作ることはそれとは真逆の行為だ。自らを世に知らしめるということは生きていくことを決意した証《あかし》なはずで。

　旅人が前向きになれるのなら、陽子は喜んで後押しするまでだ。

「俺は反対だけどな」

　と、不機嫌そうな、どこか拗ねた様子で異を唱えたのは雪路《ゆきじ》雅彦《まさひこ》だった。金髪、両耳ピアス、貴金属をあちこちにぶら下げた高級スーツ姿の彼は、ソファに踏ん反《ぞ》り返って座り、お行儀悪く両足をローテーブルに乗っけている。見かけも態度もまんまチンピラ風ではあるが、旅人のことを「アニキ」と呼んで慕う弟分であり、旅人の仕事上のパートナーでもあった。

　それも主にマネージメントを担当していた。

「割のいい仕事を見つけてくるのが俺の役割だったのによ。安くてつまらない依頼が押し寄せてきたらどうすんだ」

「依頼内容を聞いた上で対応するよ。身に余るようなら他所《よそ》の興信所を紹介してもいいしね」

「はっ、どうだか。アニキの言うことは信用できねえ」

相変わらずの憎まれ口だが、その裏にはいつも旅人への気遣いがある。

雪路が見つけてくる仕事は大抵旅人の目の負担にならず、かつ報酬も高額というものだった。旅人がそのお人好《ひとよ》しぶりを発揮して一円にもならない面倒事を引き受けてくるたびに雪路は辟易《へきえき》とさせられているのだ。

「心配してくれてありがとう、ユキジ。仕事たくさん来たらよろしく頼むよ」

そんな雪路の心境を知ってか知らずか、旅人は無遠慮に雪路を頼る。

「……勝手にしろ。俺は知らねえからな」

ふて腐れたように顔を背ける。陽子はその照れ隠しに思わず笑みを浮かべた。

以前の旅人は今にも消えてしまいそうな儚さを常に漂わせていた。生活ぶりからもそれは透けて見え、雪路はいつも不安を抱えていたはずだ。旅人がこうして仕事に意欲を見せるのはここから離れる気がないからで、それは雪路とこれからもパートナーを続けていこうという意思表示でもあった。雪路が嬉しくないわけがない。

それでもそっぽを向く雪路を、旅人は優しい眼差しで見つめている。

――いいなあ、こういうときの男の人って。

言葉にしなくても分かり合えるというか、心から通じ合っているみたいなものを感じる。……軽く嫉妬《しっと》してしまう。そして、実際にホームページを作っている陽子に対して雪路から一言もないのが甚《はなは》だ面白くない。どうせ、余計なことしやがって、と逆恨みしているに違いない。

「陽子先生もありがとうございました。パソコンの使い方がよくわからなくて、陽子先生がいてくださって本当に助かりました。今度改めてお礼させてください」

にこりと、労《ねぎら》いの言葉と共に笑顔を向けられる。——ああもう、しかし、それだけで満足してしまえる自分はなんと単純なのだろうか。『今度改めてお礼』に、ついつい顔がにやけてしまう。

そんな大人たちがほのぼのとした空気を醸し出している傍らで、

「んーっ！」

それまでずっと仁王立ちしていて誰からも構ってもらえなくなった灯衣が、ついに癇癪を起こした。地団太を踏んで両手をぶんぶん振り上げる。灯衣には珍しく大変子供らしい動作だった。ちょっと可愛い。

「もーっ！　無視するなーっ！　どうしてみんなそんなに冷たいの!?　ねえパパ!?　パパはわたしの味方よね!?　わたし間違ってないよね!?」

「ん？　うーん、どうかなあ」

灯衣には甘いはずの旅人が同意を渋る。こちらも珍しい態度だ。

「事務所でペットは飼えないし、何よりその野良犬が僕たちに懐いてくれるかどうか」

そのように諭す旅人に、灯衣はますますむくれるのだった。


とある野良犬が保健所に処分されるらしいという話は、園児を迎えに来た保護者たちの雑談から漏れ聞こえたものだ。なんでもその中のお母さんの一人が役場に勤めていて、職場で話題になったらしい。

割と大柄のシェパードの野良犬は陽子も、そういえば、見かけたことがあった。初めて見たときは襲われたらどうしようと不安がったもので、その報《しら》せには正直胸を撫で下ろしていた。

同僚の小野智子《おのともこ》先輩にこの話を振ってみると、意外にも野良犬に同情的な意見が返ってきた。

「それ、聞いたんだけど、馬鹿な悪ガキが虐待しかけて逆に嚙み付かれたのがきっかけなんだって。そりゃ野良犬を野放しにはできないけどさ、だからってそれで『処分』はあんまりじゃない？」

しかし、事の経緯を知らない人からすれば当然の処置だとして納得する。人を襲うような野良犬は然《しか》るべき施設に入れられるべきだと思う。いつ園に乗り込んできて子供たちに牙を向けるかわからないのだ、保育士としては不安で仕方がない。陽子はどうして智子先輩がこんなにも同情的なのか不思議に思ったものだが――。

休園日のこの日、『探し物探偵事務所』にやって来て、ぷりぷり怒る灯衣を目の当たりにして初めて理解した。

「ブブゼラは頭がいいからすぐに懐いてくれるわ。今までだって誰も噛まれなかったし、餌をあげるとシッポだって振るのよ」

得意げに言う。よほど気に入っているらしい。聞くところによると、どうやらその野良犬はご近所ではいろんな意味で評判らしく、名物にまでなっているようだ。こんな小さな子が夢中になるくらいだ、まさしくアイドルなのだろう、同情が集まるのも頷けた。

「ね？　だからお願いっ、ブブゼラうちで飼いましょう？　殺されちゃうだなんてあんまりだわ、可哀相よ！　ね？　いいでしょ⁉　パパぁ！」

掌を合わせて上目遣いに（抜け目ない）懇願する灯衣に、旅人は苦笑いを浮かべた。

ところで「ブブゼラ」とは野良犬の名前を指すようなのだが。それって南アフリカのラッパの名前じゃなかったっけ？　確かサッカーの試合で有名になったやつだ。語感が気に入ってそのまま名付けましたという感じが伝わってきて微笑ましいが、その感性はどうなのかしら、と陽子は少しばかり遠くを見つめる。

怪獣みたいな名前だなあ。

「ダメに決まってんだろうが」

雪路が若干鬱陶《うっとう》しがりながらも上体を起こして灯衣に向き直る。

「あのなあ、テイちゃん。ここで犬は飼えねえんだよ。飼っちゃいけねえんだ。そういう決まりなんだよ。ルールだ、ルールは守らないとダメだ。そうだろう？」

「ユキジに言われても……」

このガキ、と呟く雪路だったが、なおも灯衣に言い聞かせる。

「住んでるからわかんねえかもしれねえが、ここは一応仕事場なんだ。客が来たとき犬が居たんじゃ格好がつかねえし、邪魔だ」

「平気よ。こんなところにお客さんなんて来ないから」

「それはそれで問題だろうがよっ！　なんのためにホームページ作ってると思ってんだ、あ!?」

「ユキジ、声」

「あ、わりい」

大声に吃驚《びっくり》したのか、灯衣はすかさず旅人の背後に隠れる。しかし、首だけ覗かせて舌を出す仕草には反省の色がない。傍らでそのホームページ作成に勤《いそ》しむ陽子は、無駄な努力と吐き捨てられたみたいで、がっくりと肩を落とした。

雪路は疲れたように溜め息を吐いて、攻め手を変える。

「動物を飼うってのはな、生半可な覚悟じゃできないんだよ。餌をやるのはもちろん、散歩に連れて行ったりクソの後始末したり躾《しつけ》したり、体調管理にだって気を遣わなきゃならねえ。犬のためじゃねえぞ、周囲の人間に迷惑を掛けないためだ。犬を飼い続ける限り飼い主としてのモラルと付き合っていかなきゃならねえ。途中で投げ出すことは絶対に無しだ。テイちゃんにそれができるか？　耐えられるか？　一時の感情で背負えるほど動物の命は軽くねえんだぞ」

「……だから殺してもいいって言うの？」

「野放しにするよりはな。野良犬に感染症の予防接種を受けさせるよりかは手間も金も掛からねえよ。――いいか？　去勢も避妊もさせないで無責任に餌付けを繰り返したから野良犬はどんどん増えていったんだ。元は誰かに飼われていたのが捨てられて、なのに野良になっても生かされちまって、終《しま》いには人間に嚙み付くかもって理由で殺処分される羽目になる。現状は人間の無責任のしわ寄せなんだよ。保健所はあえて『後始末』の汚名を被ってくれている。感謝こそすれ恨むのは筋違いってもんだろう。愛護精神は立派だが、野良が野良として生きられないから飼いましょうなんてふざけたこと抜かすやつは誠実じゃねえ。その一匹が可哀相ってんならすべての野良犬にも同じことしてやれよ。できないだろ？　一時の感情ってのはそういうことだ」

見た目に反して見識のある雪路の言葉は、陽子でさえ身につまされた。感情論だけでは回らない現実を内包した問題である。

子供である灯衣には少し難しいかもしれない。けれど、言わんとするところは伝わったのか、唇を尖らせた。

「テイ、ユキジの言うとおりだよ。命を救ってあげたい気持ちはすごくよくわかるけれど、だからってこの事務所に連れてきて束縛するのは間違っている。犬が可哀相だよ。犬が飼える、それも大型犬でも飼えるくらい広い物件にでも引っ越さないと。飼い主になろうというのならそれくらいの準備と心構えが必要なんだ」

ただ救いたいと思うだけじゃ駄目だった。後先考えずに拾ってきて、やはり飼うのは難しいと捨てに行くほど身勝手で不誠実なことはない。

一生面倒を見る。必要なのはその覚悟だ。

しかし、五歳児の灯衣に理解しろというのはやはり無理があるようだ。

「もういいわ！　だったら安全で広い場所に連れて行ってこっそり飼うんだから！　それなら文句ないでしょ⁉　ふんだ！　パパもユキジも大っ嫌い！」

そう叫ぶと、リビングから駆け足で出て行った。陽子はどうしたものかと旅人を見上げる。旅人は「大嫌い」と言われたことがよほどショックなのか、頭を抱えていた。

「まったく、ガキだな。考えなしに突っ走りやがって。野良犬が行きそうな場所に心当たりでもあんのか、あいつは」

雪路は再びソファに寄り掛かると寝る体勢に入る。追いかけるつもりはないらしい。

「………………」

もし本当に野良犬と出会《でくわ》してしまったら、保護しようと近づいた拍子に噛まれてしまうかも――。陽子はすぐに思い至って腰を上げた。旅人と雪路が動かないのなら私が追いかけないと！

出て行こうとしたとき、旅人が待ったを掛けた。本棚から地図帳を取り出し、中を開いて差し出した。ある一点を指差す。――えっと、何？

「陽子先生、灯衣に追いついたら二人でこの場所に向かってください。後で僕も合流

「えっと、……どういうことですか？」

「犬の散歩道なんです。待ち伏せしていればきっとブブゼラに会えるはずです」

 旅人は片目を瞑っておどけてみせた。こういう思わせぶりなことを言い出すときは何かを企《たくら》んでいるのだ。そしてそれは確実に信頼できるもの。

陽子は大きく頷いてみせ、灯衣の後を追いかけた。


陽子を見送るその横顔に、雪路がつまらなげに問いかける。

「……嫌な予感しかしねえんだが、アニキ、何考えてんだ？」

「僕は、テイに嫌われたままは嫌なんだ」

「……」

真剣な顔して何言ってんだ、この人は。

「あほくさ」

言いつつ、それでも結局旅人の提案に乗ってしまう自分も十分あほくさい。

我ながらお人好しだよな、と雪路は苦笑した。

＊

灯衣にはすぐに追いついた。雑居ビルを出てすぐのところで後ろ姿を確認し、駆け足で灯衣の横に並ぶ。灯衣は陽子の気配に気がついた時点で歩きに切り替えていた。

「テイちゃん、私も一緒に行くね」

嫌とも言われなかったので、陽子は灯衣の歩調に合わせた。

「……本当はわかってるわ。ユキジの言いたいことも、パパが心配していることも。わたしがただワガママなだけだってこともね」

パパの前では若干猫被りな灯衣は、そう言って後ろ髪を掻き上げた。

「でも、わたしは子供なの。一人じゃなんにもできないから、せめて子供らしくワガママを言ってみたかっただけ」

物憂げな表情がさらに小憎らしい。おしゃまのレベルを超えていた。どうすればこんな子に育つのか、保育士の陽子でも計り知れない謎である。

「じゃあ野良犬を拾って飼うってあれは本気じゃなかったってこと？」

「本気よ。決まってるじゃない。ブブゼラを一人で飼うのも本気のつもり」

その頑なさだけは年相応で、自覚と理解がある分説得は難しいと思った。

「ブブゼラならこの先にいるはずよ」

確かな足取りで向かう先は、旅人に指示された場所と同じ方角だった。

「野良……、ブブゼラがいる場所に心当たりあるの？」

「前にパパと一緒に後をつけたことがあるの。この時間は川の方へ向かっているわ」

陽子は首を傾げる。犬が時間どおりに、決まったとおりに、動くものかしら。旅人を疑うわけではないが、この親子は何をもって野良犬の動向を予測しているのだろう。灯衣ならともかく、旅人が「前に見かけたから」なんて理由を根拠にしているとは思えない。

「信じられない？　なら、賭けてみる？　わたし、ブブゼラのことなら何だって知ってるんだから」

そう言って挑発的な視線を陽子に送るのだった。

しばらく歩きショッピングモールが見えてきた辺りで、果たして、一匹の野良犬を路上に発見した。――本当に見つかった！　陽子は驚いて口を半開きにし、すかさず灯衣を窺《うかが》った。

勝ち誇っているであろう灯衣はしかし、目を見開いて立ち止まっている。

「ブブゼラ、足が……」

よく見ると、野良犬は右の後ろ足を引きずるようにして歩いていた。怪我《けが》を負っているのは明白で、時折よろける足の運びが痛々しく、目を覆いたくなるほどだった。事故で足を捻ったか、人間に悪戯でもされたのか。「ブブゼラ！」駆け出す灯衣に陽子は反応が遅れた。

「あ、待って！　ダメよ近づかないで！」

怪我を負っているならなおさら人間に対して警戒心を持っているはずだ、不用意に近づけば嚙み付かれるかもしれない。灯衣が野良犬に触れようとした瞬間、陽子は思わず怒鳴っていた。

「テイちゃん！」

灯衣の肩がびくりと跳ねる。陽子の怒鳴り声を初めて聞いたのだ、驚きを隠せないでいる。手を引っ込めて振り返った灯衣に安堵《あんど》しつつ視線をわずかに逸らすと、灯衣と共にこちらを振り返っている野良犬と目が合った。

「え？」

ハッハッと息を荒くして無感情に陽子を見つめてくる。何かを訴えているようには見えない。むしろ呼ばれたから振り返ったかのような受身の姿勢である。陽子の大声に驚いたのは灯衣だけではなかったということか。

人間そのものを恐がっているようだ。灯衣の手を摑んで野良犬から距離を取ると、野良犬は陽子から意識を外して前に向き直り、ひょこひょこと不安定な足取りで再び歩き出した。思わず溜め息が出た。

「……はあ、恐かった。テイちゃん、もう、危ないから近づいちゃダメ！」

「ブブゼラは危なくないもの！　陽子先生は恐がりすぎだわ」

「ううん、違うの。ブブゼラは人間に酷《ひど》いことをされたから気が立っているの。足を怪我して可哀相だけど、だからこそブブゼラもきっと恐がっていると思うの。テイちゃんに嚙み付いてきてもおかしくないんだから」

足の怪我は、もしかしたら被害者の若者が負わせたものかもしれない。智子先輩の話では被害者の自業自得だったみたいだし。もしそうなら、やはり野良犬は人間を最も警戒していそうだ。迂闊に手は出さない方がいい。

陽子と灯衣は、距離を保ちつつ、野良犬の後をついていく。

ゆったりとしたペースで（ふらつきながら懸命な足取りで）野良犬は真《ま》っ直《す》ぐに、寄り道をする素振りすら見せずに、ある場所を目指していた。陽子にはその場所がわかっていた。旅人が言っていたとおり、この散歩の終着点は商店街を抜けた先に見える工場、その敷地内である。

野良犬は敷地内に堂々と侵入すると、駐車場の隅にある錆《さ》び付いたドラム缶の脇に伏せて、目を閉じた。

陽子と灯衣は敷地の外から遠目にその様子を眺めている。

「いつもここで眠ってるの？　もしかして、ここがお家？」

「違うわ。夜になったらまたどこか行っちゃうもん。探し物があるんだってパパは言ってたわ」

「探し物って、ブブゼラの？」

灯衣は素直に頷いたが、陽子には信じられない。旅人には犬が探している物すらわかってしまうのか。……いやいやそんなばかな。

何気なく周囲を見渡してみる。建物は鉄骨造の平屋が二棟あり、『アルミ建材(株)』と書かれた看板が掛かった手前が事務棟、奥に長い方が作業場だろう。広々とした駐車スペースはすべて空いており、事務棟入り口の曇りガラスの向こう側からも人の気配は感じられない。日曜日なのだから休業していてもおかしくないが、しかし建物全体から漂うこの空虚感はなんだろう。まるで生気が無いかのような。気のせいとは思えないけれど。

「誰も働いていないんだって。ここに来る人は一人もいないわ」

「ふうん？　潰れたのかしら」

そもそもここに工場があったこと自体知らない陽子である、特に興味も湧かなかった。それよりも、そんな場所に通っている野良犬の方が気になった。後から旅人が合流するのでそれまでは眠る野良犬を観察することにする。

野良犬は目を瞑ったまま、一歩たりとも動こうとはしなかった。

あっという間に三時間が経過した。

いくらなんでも待ち過ぎでしょ⁉　と内心で自らに突っ込みを入れる。日の暮れかかった朱の空を仰いで休日が終わり行くのを実感する。野良犬の一日とはなんと優雅なことだろう、それに付き合う自分たちも相当暇人である。

灯衣はずっと同じ姿勢のまま飽きず野良犬を見守り続けている。目を離せば保健所に連れ去られてしまうと言わんばかりの前傾姿勢に、今さらながら必死さが伝わってきた。本気で野良犬を救うために飼うつもりでいるのだ。

灯衣の顔に迷いや躊躇《ためら》いは微塵《みじん》もない。どうしてそこまで、と訊きかけてやめた。子供が動物好きだからという理由だけではないだろう、灯衣の家庭事情を聞かされている陽子にはそれがわかった。

旅人の話では、灯衣の父親はすでに他界しており、母親は行方不明ということだった。人前に出られない事情があり、それはまだ数年は掛かるそうで、迎えに来られるその日まで旅人が面倒を見ると母親に約束しているという。

陽子は、旅人が母親の行方を知っていてあえてそのことを灯衣に秘密にしているように感じた。きっと複雑な事情があるのだ、余計な口出しができる立場にないことも自覚していたのですべてを聞き出そうとは思わなかった。

なんとなく灯衣が野良犬に自分を重ねているような気がした。帰る家を失い、他人からの施しを受けながら生活している点に同色の侘《わび》しさを見つけたのかもしれない。同類を救えば自らも救われた気になれる。灯衣が救おうとしているのは、きっと、自分自身だ。

同時に、明日をも知らない野良犬にも胸が締め付けられた。優雅だなんて的外れも甚だしい、今日を乗り切れたのは単に運が良かっただけだ。明日以降も死と隣り合わせに生きていかねばならず、その過酷さに思わず身震いする。

旅人は一体何を考えているのだろう。この場所で待っていても野良犬の運命が変わるわけではない。野良犬を引き取ってくれる人を探しているのではと考えたが、この短い時間に見つけられるとも思えなかった。たとえ見つかったとしても、あの野良犬が素直に懐いてくれるか疑問である。

「テイ」

背後から呼ばれて振り返る。旅人がようやく来てくれた。「パパ！」弾かれたように顔を上げた灯衣ではあるが、しかし旅人の姿を見て怪訝そうに眉を顰めた。

青色の作業用つなぎ服を着込んでいて、両手が黒ずんで汚れていたからだ。

「お待たせしてすみません。ブブゼラが殺処分されるという話を聞いたときから計画していたのですが、今日ようやくすべての準備が整いました」

「準備って、旅人さん、その格好は……。って、あれ？」

野良犬が顔を上げてこちらを見ていた。今まで陽子たちに一瞥《いちべつ》もくれなかったのに。

旅人の登場に反応したのだろうか。

「犬は自分の名前をきちんと認識しているか微妙らしいんです。お手やおすわりのように、名前そのものを駆け寄れば頭を撫でてくれる『命令』として捉えている節があります。こんな風に」

テイ、と旅人が再び口にすると、野良犬は伏せていた体を起こした。明らかに『テイ』という響きに反応していた。

「前にテイの名前を呼んだときに気づいたんです。実は、あの犬の本当の名前と響きが似ていたんですよ」

そういえば、陽子がテイを怒鳴りつけたときも野良犬はこちらを振り返った。あれはそういうことだったのか。

旅人の目の中に哀しげな色が浮かび上がる。

おもむろに敷地の中に向かって歩き出す。

「名前だけでは足りません。犬は嗅覚でも人を識別しますから。どうしてこの場所にいるのか、何を探しているのか。全部ここに隠されていたんです」

近づいていく。野良犬は今にも飛び出してきそうな様子でじっと旅人を窺っている。

「テリーっ！」

旅人の声に、野良犬が勢いよく立ち上がる。ぐるぐるとその場で回り、ドラム缶の陰に首を突っ込んで、カラーボールを咥えて出てきた。そしてそれを旅人の元へと持って行く。ボールを受け取った旅人は野良犬の頭を撫で回し、名前を連呼しながらじゃれついてくる犬を器用にいなす。

吠えた。嬉しそうに尻尾を振って、仰向《あおむ》けになって旅人に撫でろとせがんでいる。

お腹を撫でながら、旅人は目を細めた。

「……待たせたね、テリー」

吠える。何度でも吠える。抑圧から解放されたように、野良犬は引きずる足にまるで頓着《とんちゃく》せずに駆けずり回る。これまでの素っ気ない態度が嘘だったかのようなはしゃぎぶりに、灯衣もテンションを上げて野良犬の後を追いかけた。

「ここに来る前に、ユキジに協力してもらって実際にアルミを切っていたんです。手や作業服に切削油の臭いを染み込ませるためにね」

その意味は、言わずともわかった。犬の喜びようを見れば一目瞭然だ。

「ブブゼラは、ずっと、この工場で働いていた従業員たちを探していたんですよ」

同じ臭いを共有する大多数の飼い主たちがいた。

敷地内に迷い込んできた野良犬に「テリー」と名付け、餌付けをし、仕事の合間には遊んであげたりもした。テリーにとってこの集団がご主人であり、作業着と機械油の臭いがその証であった。カラーボールで取ってこいを命じられ、頭を撫でられたいがために全力で駆けた。三ヶ月前のことだ。

「工場の親会社に連絡したら、ここで働いていた人にお話を聞くことができました。テリーという名前、そしてテリーがみんなにどれだけ可愛がられていたかがよくわかりました。テリーの置かれている状況を説明すると、年配の方が是非引き取りたいと申し出てくださって。その準備ができるまでの間はユキジの実家で預かることになったんです」

公道からクラクションが鳴る。一台のワンボックスカーが停まっており、運転席には雪路が乗っていた。テリーを連れ帰るために用意した車らしい。雪路のことだから、もちろん保健所への根回しもしているはずだ。

主人に会えて心の底から喜んでいるテリーを見つめていると、胸が詰まった。

陽子は堪らず口に出していた。

「優しいんですね」

「ええ。ああ見えて、ユキジは優しい」

「違いますよ。いえ、それは知っています。そうじゃなくて、優しいのは旅人さんです。だって、そうでしょう？　その気になればテリーを無理やり連れて行くことだってできたのに」

わざわざ作業服まで用意して、臭いを染み込ませて、テリーを喜ばせた。そんなことをする必要なんてまったくなかったのに。

旅人は縋《すが》り付いてくるテリーの頭を撫でつけ、優しい声音で言った。

「心を許せる誰かが居てくれること、それがテリーにとって何よりの宝物だったんです。僕にはそれが視えました。テリーがカラーボールに込めたその想いを無視することができなかった」

それだけのことなんです、と眩《まぶ》しそうにテリーを見つめるその瞳にはどこか諦めの色が混じって見えた。決して届かない理想を映しているかのような。

両親の仇討《あだう》ちに人生を賭けてきた、一人きりで犯人を追い続け視力だけを頼りに真相に追いついた、その執念は、他人を寄せ付けない堅牢《けんろう》な壁となって心を閉じ込めた。

誰かに縋る行為は心を弱くする。意志は揺らぐし、感情も不安定になる。

旅人はそれを良しとせず、ひたすら心を閉ざして死ぬために生きてきた。過去の因縁を清算し切ったとき、それが途方もない枷《かせ》になるとも知らずに。

今、旅人は、誰かに心を預けることに臆病になっている。

陽子が両手を広げても、旅人は決して寄り掛かろうとしてくれない。

それは、優しいから。

「テイちゃんのためというのもあるんだと思います、でも、野良犬のためにそこまでできる旅人さんは、やっぱり、優しすぎですよ」

俯《うつむ》きそうになるのをぐっと堪えて、真っ直ぐに旅人を見つめた。

——どうして貴方は心を許してくれないの？

旅人を支えたいと思う人たちを、旅人は傷つけまいとして遠ざける。視力を失ったとき、その体が重荷になることを知っているからだ。なのに、他人のためなら大切なその目を酷使することさえ厭《いと》わない。

一方的で、身を切るような、無償の愛。

なんて優しくて、なんて残酷な人なんだろう。

どんなに好きになったって。

決して旅人の愛には触れさせてくれないのだ。

「……陽子先生」

陽子の言わんとしていることを、その感情を視て取ったのか、旅人は申し訳なさそうな顔をして、しかしそれ以上の言葉は無かった。

テリーを檻《ケージ》に入れ、ワンボックスカーの後部座席を倒したその上に置く。旅人と雪路でテリーを雪路邸に運ぶことになり、陽子と灯衣はその場で見送った。

助手席の窓越しに「旅人さん」声を掛けていた。

「テイちゃんも、ユキジ君も、私も、いつだって旅人さんの味方です。いつだって傍にいます」

いつか昏倒《こんとう》した旅人に言った台詞《せりふ》を、もう一度。

「いつまでも傍にいますから」

力強く宣言した。

旅人はただ哀しげに微笑むだけだった。

＊　＊　＊

広大な土地坪数を誇る雪路邸の庭の中、テリーは青葉が隆々と茂る木々の間を駆け抜ける。デタラメに投げたボールでも必ず見つけ出して持ってくる従順ぶりに、雪路は思わず感嘆の声を上げた。傍らには「次はわたし！」とボールをせがむ灯衣の姿もあった。

後ろ足に後遺症を残したテリーは相変わらず不安定な姿勢を強《し》いられているのだが、機械油の臭いが染み込んだ作業服を見ると駆け出さずにはいられなくなるらしく、転ぼうともよろけようとも、視界に入ればどんなときであれ雪路に突進していった。逆に作業服を着ていないと見向きもしない面は矯正する必要があった。両極端な元野良犬は今日も幸せそうに庭を駆け回る。

「——おいおい、まだ遊び足りねえのかよ、おまえは」

雪路は少々うんざり気味。カラーボールを口から離すと、テリーはすかさず早く投げろと急《せ》かすようにぐるぐる回り始める。まったく呆れ果てる。こいつの構って精神は天井知らず、飽きることを知らないようだ。

仕方なく、再び雪路はカラーボールを思い切り遠投する。およそ十二回目となる「取ってこい」だった。

テリーは大きく尻尾を振って力強く大地を蹴った。

それは、拠点統廃合による収益改善を図ることが目的だった。建材事業再編の一環として、他の工場へ生産品目を移管し、事業所を集約、移管元の工場は閉鎖された。従業員の雇用は維持され、移管先の工場へ配置転換が為される方針である。

彼らにとって気掛かりとなったのは、もちろんテリーのことだ。どこからともなくやって来てはタダ飯を強請り、惰眠を貪《むさぼ》り、終業の頃にはふらりといなくなる。誠に厚かましい犬ではあったが、ボール遊びに夢中になる程度の可愛げはあって、工場の人間たちはテリーを飼い犬のように大事にした。

「テリーのこと、どうすんだ？」

「飼えねえだろ。大体の奴は独身だし、アパート暮らしだ。心配要らねえよ、こいつは野良だ、人がいないとわかったらもう工場には寄りつかない」

最後の日、荷物をすべて出し終えた従業員たちはテリーに別れの言葉を残し、

「達者でな！」

カラーボールを遠投して畑のど真ん中に落とした。駆け出したテリーを見送ってから、従業員たちは姿を消した。

カラーボールを咥えて戻ってきたテリーは誰もいない駐車場でぽつんと佇み、誰か出て来てくれるのをひたすら待ち続ける。

取ってこいが成功した暁《あかつき》には、思う存分撫でてもらえた。褒めてもらえた。

無人の工場跡地で、期待に胸を膨らませながら、尻尾を左右に振っている。

テリーは待ち続ける。

いつまでも、いつまでも、テリーは待ち続けている。

（了）

愛しの麗羅

Dear REIRA.――――。

その一文から始まるメッセージカードは、毎年贈られる誕生日プレゼントに必ず添えられてあった。幼い頃は英文の意味もわからず、ましてそこにどれほどの情愛が込められているかだなんて想像すらつかなかった。

贈り主は十五も歳が離れた腹違いの兄・雪路《ゆきじ》勝彦《かつひこ》である。兄は二人いたが、次男の方――雪路雅彦とはあまり仲が良くなかった。こちらも腹違いの兄で歳が離れていたが、勝彦とは違いぶっきらぼうで素っ気なく、全然可愛がってもらえなかった。お互いに無関心のまま暮らしてきた、この溝はちょっとやそっとじゃ埋まらない。だから、心から慕う兄弟は、勝彦ただ一人だけだった。すごく優しくて、頼りがいのある、世界で一番大好きなお兄様。

雪路麗羅《れいら》の自慢のお兄様だ。

初等部に進級して間もなく迎えた七歳の誕生日、それがメッセージカードを貰える最後の機会だった。麗羅は、この春に通い始めた英会話スクールで学んだ知識を駆使して、メッセージカードの英文を読み解いてやろうと意気込んでいた。お兄様は麗羅が幼稚舎にいた頃から年々メッセージカードに趣向を凝らすようになり、麗羅の成長と共になぞなぞめいた遊びを取り入れていくようになる。

初めこそ普通のメッセージカードだった。翌年はパズルになった。組み揃えないと読めない仕様になっており、出来上がったメッセージはやはり『Dear』の一文から始まった。パズルの難易度は年を追うごとに上がっていき、ある年の誕生日ではプレゼントのお人形が着ている洋服の中にメッセージカードが隠されていて、もちろんパズルの形状だった。衣服のあちこちに隠されたカードの欠片《かけら》を集めて、しかもどの箇所から出てきたかがパズルを解くヒントにもなっていて、すごく手が込んでいた。面白かった。

麗羅は夢中でそれらを解いた。解いて、浮かび上がったメッセージを読んで、お兄様に報告すると、お兄様は温かい笑みを浮かべて頭を撫でてくれた。すごいね、えらいね、って言って誕生日を一緒に祝ってくれるのだ。その瞬間が好きだった。成長を認めてもらえたこと、自分の力で成長を見せつけられたこと、今にして思えばお兄様なりの教育だったのかもしれないけれど、麗羅にはプレゼントよりも嬉しいご褒美だった。

お兄様のことだ、だから七歳の誕生日には今までにない難問をぶつけてくるだろうと予想した。きっとメッセージカードは麗羅の学力に合わせて全文英語にしてくるだろうし、パズルだってこれまでのような幼稚なものではないはずだった。

「七歳の誕生日おめでとう、レイラ。はいこれ、プレゼントだよ」

その頃のお兄様はいつも疲れた顔をしていて、浮かべる笑みも無理をして作っているみたいに感じられた。その原因を幼い麗羅は漠然と感じ取っていた。

麗羅と勝彦の父・雪路照之《てるゆき》は、麗羅が生まれる前に市長を三期務め上げ、数々の事業を興して成功している、この町の重鎮だ。中心部から離れているとはいえ、市街地の真ん中に自然公園ほどもある広大な土地を所有し住まう豪胆さは、見せ掛けだけではない、権力者としての器量を堂々と誇示していた。雪路照之の息が掛かった企業、病院、商店、公的機関は数知れず、この町に生きる誰しもが直接的間接的に彼と関わっている。とてつもなく巨大な力だ、雪路邸はそんな力の象徴として厳かに建てられてあった。

家族だけで住むには雪路邸は広過ぎる屋敷だ、家政婦を住み込ませてもなお部屋が有り余り、麗羅は隙間だらけの、父も母も頻繁に家を空けるそんな我が家を好きになれなかった。しかし、お気に入りの場所ならあった。照之が長男の勝彦に勉強小屋として宛がった離れである。同じ敷地内にあり、屋敷からは庭を横切ってすぐの場所だから行くのも簡単、優しいお兄様が常に居てくれる、心休まる空間だった。麗羅には離れくらいの大きさの家がちょうどよかった。部屋に一人きりでいるとき別の部屋にいるお兄様の息遣いが感じ取れる、そんな距離感だ。お兄様と二人きりでここに暮らせたらと思う。

けれど、お兄様にとって心休まる場所にはならなかったようだ。そもそも離れは勉強部屋――父親の跡を継がせようという意思を押し付けた檻《おり》なのだから。お兄様のそのときの苦悩は、今にしてわかるものの、当時の麗羅に察することはできなかった。

目の下にひどい隈《くま》を作った顔で手渡された七歳の誕生日プレゼントは、ずしりと重かった。お兄様の顔を窺って、ゆっくりと包みを開いていくと、現れたのはガラス製の置物だった。去年までの玩具とは違う、初等部に進級した麗羅に合わせたようにグレードもセンスも上がっていた。立方体の台座の上にしなやかに伸びをする猫。麗羅が猫好きと知って選んだ物だということはわかった、けれど、麗羅は少々不満だった。それは可愛いというよりは綺麗な感じの、鑑賞を楽しむための美術品のような物だったからだ。

それに、無い。メッセージカードがどこにも見当たらない。それが一番嬉しくなかった。お兄様は自分の勉強にばかりかまけて麗羅の誕生日をおざなりにしたのだ。

お兄様は麗羅の視線に合わせてしゃがみ、一緒に猫の置物を覗き込む。

「レイラ、よく見てごらん。この猫、どう見える？」

「？　きれい」

「そうだね。でも、それだけじゃない。見てごらん。ここにはほら、レイラへのメッセージが込められているんだ」

麗羅は首を傾げる。ただの透明なガラスの猫だ、どこにも文字なんてないし傷一つ付いていない。誤魔化されているのかと唇を尖らせてお兄様を睨むと、お兄様は苦笑した。

「僕はレイラに意地悪なんてしないよ。いいかい？　僕からの問題。この猫の置物にはメッセージが込められています。この離れにある道具を使って猫に刻まれたメッセージを解き明かしなさい。それが、僕からの誕生日プレゼントだよ」

メッセージを解き明かしたとき、初めてこの置物に価値が付く。例年と同じく麗羅への挑戦状だった。麗羅は鼻息荒くする。絶対にメッセージを暴いてやる。

「一つヒント、この猫は分解できません。手荒に扱って割ったりしたら大変だ、怪我をするかもしれないから扱いには気をつけること」

こくん、頷く。置物を置物の状態のままでメッセージを見つけ出さなければならない。それがルール。望むところだった。今は全然思いつかないけれど、麗羅は必ず自力で解けると信じた。

お兄様もきっと信じていたはずだ。

これが最後の誕生日プレゼント。それから数ヶ月後、年が明けたとある冬の日、雪がしんしんと降り注ぐ静かな朝に、麗羅は最愛のお兄様を失った。

離れの一室で首を吊《つ》っていたらしい。らしい、というのは聞いた話だからだ。もう一人の兄・雅彦が離れの玄関で立ち尽くし、やって来た麗羅を押し留めた。もうここには来るな、来ちゃいけない、そんなことを呟きながら、静かに静かに泣いていた。

それ以来、離れには近づかないようにしている。

メッセージを解き明かすことは結局できなかった。ヒントを出そうとするお兄様を意地になって止め、頑なに一人で解こうとした。離れにはそんなわからずやの麗羅を恨めしく思うお兄様の幽霊が漂っていそうで、そう考えただけで罪悪感で泣きたくなる。もう離れに入る資格はない。麗羅は本気でそう思っていた。

離れにある道具を使わないと解明できないメッセージ。猫の置物はお兄様のメッセージを閉じ込めたまま、麗羅の寝室で眠り続ける。

雪路邸に帰るとき、どうしても足音を忍ばせる形になってしまう。自分の家なのだから堂々と帰れば良いものを、雪路雅彦は昔からの癖で辺りを窺うようにしてこっそり侵入するのだった。

堅物の父はもちろんのこと、再婚して出来た義母のことも雪路は苦手だった。亡くなった生みの母と違い自己主張が激しく、雪路を我が子として見なそうともしなかったので、他人のまま今日まで来てしまった。顔を合わせても何を話せばいいのかわからない。それは向こうも同じだろう。互いに不快な思いをすることはない、せめて実家に戻っている間は、家を出た雪路の方が配慮すべきと考えた。

こうしてこっそり侵入するのも気遣いの一つなのである。

だが、その気遣いは雪路邸で働く家政婦たちからは軒並み不評であった。

「あんねえマー君、そんなチンピラみたいな格好してこっそり入ってこられたら不審者だと思っちゃうでしょうよ。危うく警察に通報しちゃうとこだったじゃん。堂々と入ってきなさいっての。アンタここのご子息でしょうが」

廊下で呼び止めたのは家政婦の一味《いちみ》珠理《じゅり》である。前掛けをして、掃除に使っていたと思《おぼ》しきはたきで雪路を指す。鬱陶しかったので、はたきを手で払った。

「マー君はやめろ」

「なら、お坊ちゃまって呼ぶ？」

「もっとやめろ！　雅彦でいい。俺のことは気にすんなよ。すぐ帰るから」

「何言ってんのよ、帰るったって雅彦君のお家はここでしょうに」

まったくもう、と呆れるように肩を竦《すく》めて見せた。

雪路は、帰宅早々嫌なやつに見つかったと、げんなりする。珠理は二年ほど前から雪路邸の家政婦をアルバイトでしている女性だ。元は彼女の母親が住み込みで働いてくれていて、珠理本人も母の職場にたびたび遊びにやって来た。雪路とは顔を合わせる程度には付き合いがあったが、雪路が高校を卒業した頃、珠理もまた短大を卒業したときから、何かと小言を言われ始めた。具体的には私生活についてのダメ出しである。やれ身嗜《みだしな》みをきちんとしろだの、やれ大学にはきちんと通えだの。

家族よりも親身だ。上辺だけでなく、珠理の性格もあるのだろうが、本当に雪路を案じてくれているのがわかる。それが今の雪路には痛い。

やっぱりこの家は肌に合わない。実の家族には気を遣い、他人である家政婦に気遣われるのだから、居心地が良いはずがない。

一味珠理の親切心が雪路家の歪みを否応なしに浮き彫りにする。

「俺はもうここでは暮らせねえよ。今日来たのは、その、……野暮用だ」

「犬の世話？　そりゃご苦労さま」

「あ、……まあ、そんなとこだ」

野良犬のテリーのことである。一時的に預かっているとはいえ、その世話をすべて家政婦に押しつけるのは心苦しく、近頃では三日に二日はこうして様子を見に戻っていた。

「テイちゃんも来てるの？　あの子可愛いから私的にはウェルカムだけど」

「……来てない。今日は俺だけだ」

「あら、そう。テリー・ブブゼラも残念がるでしょうね」

誰だよそいつ、と顔を顰める。灯衣のセンスはいまいちわからない。将来が心配だ。

ちなみに、雪路家にはテリー以外にも一匹の猫を飼っている。名前は「チビ」といい、安直ではあるが、こちらの方が随分まともに聞こえる。

「そう。今日は一人なんだ。ふうん？」

珠理に見透かされたくなくて視線を逸らす。変に勘の良い女だから油断ならないの

だ、雪路はもう話すことはないとばかりに歩き出そうとして、

「レイラちゃんならいないわよ。たぶんまだ離れじゃないかしら」

激しく咽《む》せた。——くそ、なんでわかんだよ。訝しげに、恨めしげに珠理を睨めつけると、珠理はにんまりと得意げに口元を歪めた。

「わかるよ、雅彦君のことなら。わかりやすいもんね」

雪路家の歪みを、家族の不和をおそらく一番身近で見続けている珠理になら、本当に雪路の気持ちがわかるのかもしれなかった。恥だと思うのも今さらだが、珠理の前に立つと雪路家の一人としてはきまりが悪い。——だからこいつは苦手なんだ。

拗ねるように突っぱねた。

「はっ。言ってろよ」

「いやまあ、でも、簡単な推理じゃない？　今日という日に雅彦君が現れたんだから、理由は一つでしょうよ」

「……」

「それとも私に会いに来たとか？　最近二人きりで会わなくなったから寂しかったのかな？　って冗談よ、冗談。そんな嫌そうな顔しないでよ」

今度こそ歩き出すと、珠理が背中に張り付いて玄関までついて来た。扉から出て行

く雪路にはたきを振って、見送る。

「レイラちゃん、中学生になってから急に大人っぽくなったわよ。この夏越えたらさらに女らしくなっちゃうかもね」

「あの根暗なおかっぱ頭が大人っぽいとか、ありえねえだろ。むしろさっさと彼氏の一人でも作ってほしいもんだ。いつまでもガキのままじゃ、困る」

そう言いつつ離れに急ぐ姿には焦りの色が見られた。麗羅を気にかけているのが丸わかりで、別に珠理でなくても今の雪路の気持ちなんてすぐにわかるだろう。閉じた扉を眺めて溜め息を一つ。

「本当、いつまでもシスコンのままじゃ困るわよ」

私的にはね。呟いて、気を取り直すように掃除へと戻っていった。

珠理に言われたからではないが、なんとなく麗羅の外見が気になった。あいつはいつまでも根暗なおかっぱ頭なのだと、勝手にそう思い込んでいたけれど、中等部に上がればいろいろと興味の対象も広がるだろうし、もちろん異性に憧れることもあるだろう、しかし女らしくなった麗羅というのはどうしても想像が付きにくい。

男受けする外見に変わっていたらどうする、などと馬鹿な不安がちらついた。

雪路は一刻も早く、いつもどおり根暗な麗羅を見つけ出して、安心したかった。そうと認めたくないからついついつい悪態を吐いてしまう。

「ったく、どこいんだよバカ妹。こっちは用事済ませてさっさと帰りてえってのに」

離れにやって来た。鍵が掛かっていなかったので、おそらく中に麗羅がいる。

離れの中に入るのは何年ぶりだろう。昔ほど抵抗はないが、落ち着かないのは相変わらずだ。玄関から呼びかけてもよかったが、雪路は靴を脱いで上がった。

和室――勉強部屋はお兄様がいた頃となんら変わっていない。文机《ふづくえ》と壁一面の本棚。笑えるくらい質素で、それ故に縋れるようなゆとりは皆無だ。ここで勉強を強いられていたお兄様は果たしてどのような気持ちだっただろうか。考えても気分は落ち込みそうなので、切り替える。麗羅はどこだ？

人の気配がなかった。――おかしいな。珠理も言ってたし、玄関も開いていたから離れにいるのは確かなはずなのだが。

そうして、文机の上に見覚えのない猫の置物が置いてあるのに気づいた。なんだこれ、絶対お兄様の私物じゃねえだろ。雪路は首を傾げる。

麗羅はこんなものを運び込んでどうするつもりだ。

＊　＊　＊

初等部四年生の冬。十歳だった。麗羅はある一つの出会いを果たす。

「人が倒れています」

「なっ、うわっ⁉」

月明かりが眩しい夜のこと、誰にも内緒でこっそり飼っていた子猫を探して家の敷地の門を出たところで、麗羅は道端で行き倒れている男の人を発見した。ちょうど帰宅してきた雅彦に報告すると雅彦は情けない悲鳴を上げた。

空腹で行き倒れていた男性は、日暮旅人と名乗り、雅彦に介抱されつつ一晩を屋敷で過ごした。雪路家のお屋敷には空き部屋などいくらでもあるし、親が放任主義なので誰彼構わず泊めたところで問題にもならないが、しかし見ず知らずの人を泊めるというのは雅彦にしては珍しいことだった。社交性があり行動的でもある反面、中身は驚くほど繊細で意外にも人見知りだった。上辺だけならすぐに相手に合わせられる器用さがあるのでわかりにくいが、その実あまり人というものを信用していない。それが実妹として受けた雅彦の印象であり、日暮旅人を、赤の他人を、行き倒れであろうとも無警戒に自宅に泊めるなんてあり得ない出来事なのである。

それ故に興味が湧いた。雅彦と話す日暮旅人を麗羅はじっくりと観察するのだった。

「……お兄様みたいな人だ」

そう。どことなく勝彦お兄様に似ている。

顔とかじゃなくて、雰囲気が。優しくて、切なくて、なんとなく哀しい、けれど温かい、そんな空気を纏《まと》っている。雅彦はそこに惹かれたのだと麗羅はすぐに悟った。

「でも、違うわ」

お兄様は、勝彦お兄様しかいないんだから。そんなどこの誰とも知らない人に優しくなんてしちゃだめ。

その人は偽者だ。


麗羅は人を見る目にはそれなりに自信があった。

物心付いたときから父・照之に躾けられてきたのだが、どんな厳しいことにも耐えてこられたのは偏《ひとえ》に人の顔色を判別する術《すべ》に長《た》けていたからだ。いや実際は、照之に叱《しか》られるのが怖くて身につけた技術でもある。何をどう失敗すれば照之は怒るのか、どのタイミングで謝罪すれば許してもらえるのか、何を話題にすればご機嫌を取れるのか、感情の機微を表情から読み取り、その都度最善と思える行動を取るようにしていた。

あるいは、照之の仕事の関係者が屋敷を訪れた際、麗羅にもゴマを擂《す》ってきたのだが、麗羅は彼らの笑顔の裏にある打算に必ず気づいてしまう。顔色を見ればわかる、この人たちは心から麗羅を可愛がってくれていない。娘に良くしている自分を照之にアピールしているだけだ。それがわかってしまうから、麗羅は人というものを段々と信用できなくなっていった。

人を信用していない点は雅彦と変わらないが、麗羅のそれはもっと具体的で、上辺の表情をまず信用しなかった。人と接するときは必ず相手の顔をじっと見る。相手に言動を促し、その人が信用に足るかどうか判断するのである。そのせいでいつしか麗羅は受け身な性格になり、無口で、あまり感情を表に出さなくなった。

勝彦お兄様が生きていたら、ここまで心を閉ざさなかっただろうと麗羅は思う。お兄様は嘘を吐かないし、誤魔化さないし、いつだって誠実だった。そんなお兄様と一緒に居られた時間の中では、麗羅は素直な子供でいられたのだ。

「お兄様……」

布団を頭から被って膝を抱える。寂しくなって涙が出た。

日暮旅人。お兄様に似たあの人に会ったせいで思い出してしまったようだ。

この広過ぎるお屋敷の中で自分が一人ぼっちだということを。


夜が明けても、子猫はどこにも見当たらなかった。

元々拾ってきた野良猫だ、首に鈴を付けていたわけでもないから勝手にいなくなっても不思議ではないが、餌付けには成功していたし麗羅にも懐いてくれていたから、一晩中姿を現さないのは近頃では珍しいことだった。事故にでも遭っていたらどうしようと泣きそうになる。

もう一度屋敷の周辺を探してみようと玄関を出ると、日暮旅人が門へと続く石畳の上に佇んで庭を眺めていた。麗羅に気づき、顔を向けてにこりと笑う。

「おはようございます、レイラちゃん。昨夜はありがとう、おかげで助かった。君は僕の命の恩人だ」

爽やかな風が吹き抜ける。寒いはずなのに、彼の周りにはすでに春が訪れたように、暖かだ。心から人を信用しきった表情が相対する人間の心を解きほぐすようだ。心を許してしまいそうな、預けたくなるような、不思議な空気を醸し出す。

だからこそ警戒する。麗羅は理屈ではなく直感的に日暮旅人を危惧する。この人は、善い人だ。想像だけれども、たぶん悪すらも容認してしまえるくらいの善人。

今まで見たこともないくらい、綺麗な人。

それが怖い。

無視するように視線を外した瞬間、

「何か探しているの？」

不意打ち気味に麗羅の行動を言い当てられて、固まる。日暮旅人はなんでもないことのように説明した。

「少しそわそわしているのが気になったから。僕と会ったから緊張しているのもあるんだろうけれど、思えば昨夜僕を見つけてくれたときもそうだ、別の何かを探していたんじゃないのかな？　目の動きも下方向だけじゃない、動く物に反応している感じだ。たぶん、猫、だと思う」

犬は塀の上を歩いたりしないからね、と麗羅がまさに見ていた先まで言い当てる。

「一緒に探してあげる。せめてものお礼に。一人で探すにはこのお庭は広過ぎるでしょ」

「要りません」

珍しくはっきりと出た言葉に、麗羅自身が驚いた。感情的になっていた。それはきっと日暮旅人の表情の裏側にある本心がまるで見えないからだ。こんなことは初めてだ。

けれども日暮旅人は「こっちだよ」勝手に歩き出した。躊躇《ちゅうちょ》のない足取りで中庭の奥に向かう。鯉《こい》が泳ぐ池を迂回し、やがてお兄様の離れが見えてくる。

「僕の目は少し変わっているんだ。見えないモノが視えてしまう。今も、はっきりと視えている」

離れが近づく。――やだ、やだやだやだ。この人を離れに近づけたくない。麗羅は突如湧いた嫌悪感に、足早に進む日暮旅人に縋り付くようにして歩みを邪魔しようとする。けれど、止まらない。

「さっきから気になっていたんだ。小さいけれど、必死な『声』が僕には視えた。きっと子猫の声に違いない。この辺りだよ」

そんなの嘘。子猫の声なんて麗羅には聞こえない。ましてそれが見えるだなんて馬鹿げている。勝手なこと言って離れに入ろうとしないで。

お兄様の場所に踏み入らないでっ！

「……」

離れを目前にして、しかし日暮旅人は離れには目もくれず庭木の陰を覗き込んだ。

あちこちに視線を向けて、ついに「いた」離れの玄関脇にある常緑樹を見上げて指差した。

「ほら、あそこにいますよ」

彼が指差す先、木の枝の上に一匹の子猫がしがみ付くようにして座っていた。本当にいた。おそらく高くて降りられずにいる。一晩中木の上にいたのか、子猫は衰弱しきっていてかろうじて生きているような状態だった。

日暮旅人が子猫を見つけ出してくれた。信じられない思いで日暮旅人を振り返ると、彼は心配そうに子猫を見上げるだけでそこに得意な様子はなかった。

真剣に子猫を案じている顔だった。上辺だけじゃない、本当の優しさだ。

「――――」

息を呑んだ。

お兄様の面影がそこにあった。

子猫はその場に駆けつけた雅彦によって救助された。麗羅は弱りきった子猫を抱いて屋敷に駆け戻る。家政婦の人たちに頼んで応急手当をしてもらい、その後動物病院に連れて行き、子猫はなんとか一命を取り留めた。麗羅は涙を流して喜んだ。

この一件をきっかけに、子猫は雪路家の正式な飼い猫となる。

「チビ」と名付けたのはもちろん麗羅だ。

あれから二年が経った。中等部へ進級したものの、背も髪型も変わることなく、さして新生活に心躍ることもなく、無気力に日々を過ごしていた。

日暮旅人と再会したのは、そんな春の日のこと。

学校からの帰り道にばったりと遭遇した。……いや、きっと待ち伏せされたんだ。日暮旅人は飄々《ひょうひょう》としているけれど、その顔には確固たる信念を抱えているように見えたから。麗羅は不思議と抵抗もなく日暮旅人と一緒に家路についた。

思い切って尋ねてみた。

「貴方は何者ですか？」

日暮旅人は少しだけ考える素振りを見せてから、観念したように言った。

「僕は雪路勝彦さんのことが知りたいんだ」

「お兄様のことを？」

はっきりと頷く。ぞっとするくらい深い哀しみを湛えたその日に、晩年の勝彦を見た気がした。

そして麗羅は、日暮旅人の目的を聞いて、ずっと胸の奥にあった凝《しこ》りの正体に気づく。そういえば、どうして日暮旅人はあの日の夜、雪路邸の前で行き倒れていたのか。行き倒れが偶然だったとしても、広大な敷地を誇る雪路家には用向きが無ければ近づきさえしないだろう。この人には雪路邸を訪れる必要があったのだ。それがわかって漠然と抱えていた疑問が解消される。少しだけすっきりした。

お兄様がこの人を引き寄せた。

麗羅の元に。

「勝彦さんのことは君に聞くのがいいようだ。ユキジは、雅彦は、口が堅いのもあるけれど詳しい事情を知らないようだったから」

「雅彦お兄様はお家から逃げ出した卑怯者《ひきようもの》だもの。家のことは私の方が知っています」

兄に対する冷たい言い草に彼は少し驚いた顔をした。知るものか。ずっと麗羅をほったらかしにしている雅彦なんか卑怯者呼ばわりで十分。

日暮旅人を試してみようと思った。

お兄様のことを無条件で教えてやるほど自分はお人好しではないし正直何も教えたくないので、できればお引き取り願いたいところだけど。

お兄様にどこか似ている人、ならば、どれだけお兄様を理解できるか見極めてやる。麗羅を納得させられた暁には全面協力も惜しまない。そう心に誓った。

屋敷に帰り着くと、麗羅は庭先で猫の置物を日暮旅人に見せた。そこに刻まれているメッセージを解明せよと命じたのだった。本来ならアンフェアなゲームになるはずだった、日暮旅人は手も足も出せずに降参するものと高をくっていた。

それなのに、

「Dear REIRA――」

「!?」

置物を手渡された日暮旅人は一瞬にしてあっさりとそう口にしていた。

その一文を知っているのは麗羅だけ、当てずっぽうであるはずがなかった。麗羅には見えないけれど、きっとこの猫にもその一文は刻まれていると信じていた。

日暮旅人は見つけたのだ。

お兄様のメッセージカードを。

「そんな。どうして」

「……僕の目は通常見えないモノが視えてしまうんだ。この猫も同じ。通常では見えない仕掛けなのだけど、僕には関係なく視えてしまう。少しインチキだけれどね」

彼はそう言って笑った。痛々しいくらいに泣きそうな顔で。

そこにどんな苦難があったか知らない。麗羅はしかし、ただ、ただただ、羨ましかった。その目があればもっと早くに、もしかしたらお兄様が亡くなる前にメッセージを解明できたかもしれない。そうしたら、そうしたら、――。

後悔が過る。五年前のあの冬の日を回避できたかもしれなかった。

もはや日暮旅人どころではなかった。お兄様を想うと胸が張り裂けそうになる。どうしてあの頃の自分はお兄様に対して頑なだったのだろうか。どうして自分からパズルの答えを聞きに行かなかったのか。甘えていればよかったのだ、一人にしなければよかったのだ、お兄様の苦しみを少しでも和らげるためにも麗羅が傍に居てあげるべきだったんだ！

「――離れの和室、机の二段目の引き出し、底板の裏」

日暮旅人が唐突に喋《しゃべ》った。麗羅は強く握りしめていた拳を解《ほど》き、我に返ったように真っ直ぐに日暮旅人を見つめた。一体何のことだろうと首を傾げる。

「いつか調べてごらん。急がなくていい。勝彦さんのことはその後でいいから」

麗羅に何事かを託すと、彼はメールアドレスを書いた紙を渡して帰って行った。

離れの和室――、そこはお兄様の勉強部屋。畳の上に文机を置いて、壁一面の本棚

にはぎっしりと参考書が詰められてある、それだけの部屋。そして、

お兄様が首を吊った場所だ。

「……」

正直、行きたくない。でも、気になる。日暮旅人はこの猫に書かれてあるメッセージから何かを得たのだ、それを麗羅に確認させようとしている。日暮旅人がこの屋敷にやって来たのは偶然じゃなく、お兄様が導いたのかもしれず、ならば日暮旅人の言葉はお兄様の遺言でもあったのだ。

麗羅は勇気を振り絞って離れに向かった。離れの鍵ならスペアキーを持っていた。玄関を開け、必要もないのに足音を消して慎重に上がり框《かまち》を跨《また》いだ。しんと静まり返った廊下、ひやりと首筋を撫でる空気、薄ら寒く、何の気配も感じない。昔と今とではまるで別世界だ。在るべき主人を失くしただけでこうも景色が変わってしまうものなのか。ここはもはやお兄様のお家ではなかった。

行こう。怖がらず、お兄様に会いに行こう。

和室は当時のままだった。首を吊った形跡はすべて片付けられていたが、勉強部屋としてならまだ機能する。お兄様の私物も、整理整頓こそされているものの、そのままだ。文机の二段目の引き出しを開くと、中にはペンライトと鍵付きのジュエリーボ

ックスが入っていた。……おかしな組み合わせだ。ジュエリーボックスの鍵は番号打ち込み式で、相当頑丈なものだった。壊して開けるのは難しそうだ、ここに放って置かれてあるのも開けられないと判断されたからだろう。

日暮旅人が指示した最後の箇所は、この引き出しの底裏。麗羅は畳に仰向けに寝転がって引き出しを真下から覗き込む。そこにはノートの切れ端がセロハンテープで貼り付けてあり、数字が書かれてあった。『607』

ハッとして慌ててジュエリーボックスを取り出す。もしかしたらこの番号が鍵なのではないかと考えた。しかし、暗証番号は六桁《けた》。三桁足りない。落胆する。

何が何だかわからなくなった。

一体お兄様は何を麗羅に伝えたかったのか。

翌日、屋敷にあるパソコンから日暮旅人にメールを送った。

『猫に書いてあるメッセージの謎を教えてください』

意地を張るのは止めた。日暮旅人に協力してもらってでもメッセージを解明するべきだ。麗羅はこの想いをこそ大切にしようと思った。

――お兄様に会いたい。

＊　＊　＊

「お兄様」

突然呼ばれて、雪路はびくりと肩を震わせた。振り返ると、麗羅が襖《ふすま》から顔を覗かせるようにして立っていた。思わずほっと胸を撫で下ろす。やっぱり離れにいたか、しかし一体どこに隠れてやがった。

「おまえ、どこに行ってたんだよ？」

「チビをお屋敷に持ってった」

勝手について来たという。離れに居着かれては堪らないので、その辺り猫の管理は徹底させている。しかし、物みたいに言ってやるな。可哀相に。

麗羅は見慣れない着物姿でそっと和室に入ってきた。襖を閉じ、電気を消して、雪路の傍らを行き過ぎると文机の正面にある窓の障子まで閉めた。部屋の中は真っ昼間だというのに薄暗くなり、そら寒い雰囲気に落ちた。おかっぱ頭の麗羅が着物姿と相俟って座敷童《ざしきわらし》に見えてしまう。

「おい、何やってんだ？」

麗羅は答えない。それどころか、雪路が手にしている猫の置物を「返せ」奪い取ると、そそくさと文机に向かった。——このガキ、反抗期か？

黙って見ていると、麗羅は文机の二段目の引き出しからペンライトとジュエリーボックスを取り出した。雪路はお兄様が亡くなったとき遺品の整理をしたから知っていたが、このペンライトは特殊仕様で使い道がわからず、ジュエリーボックスは鍵が掛かっていて開かないので、ずっとやきもきしていた。

慣れた手つきで並べる様子に、麗羅がこの行為を日課としていることを窺わせた。麗羅がそっと雪路を振り返る。その目がわずかに勝ち誇るように細くなる。「見ていろ」と言わんばかりの眼差しに首を傾げ、そして——、

部屋を暗くした意味が、次の瞬間、わかった。麗羅がペンライトを点灯すると、照らされた猫の置物が美しい淡いピンク色に輝いた。

雪路は思わず呟いていた。

「そうか。それ、蛍光塗料が塗ってあんのか。ブラックライト、……じゃあ、その猫はお兄様から貰ったのか？」

瞬時に悟っていた。ブラックライトとジュエリーボックスが同じ場所に収納されていた理由。それが意味するものは、一つだ。

「暗証番号がそれに書かれてあんだな？」

麗羅はものすごく不満そうに雪路を睨みつけてきた。まるで苦労して解明した答えをあっさり曝《あば》かれたような、悔しさ滲む顔である。

猫の台座には文字が浮かび上がっていた。ＵＶマーカーペンで書かれ、青く発光したお兄様直筆の文字。全文英語だったが、流し読みして内容を理解した。

「誕生日プレゼント、だったんだな」

「……」

二人は感慨深げに光り輝く猫を眺めた。お兄様の部屋で、お兄様が遺《のこ》したメッセージを何度も読み返す。しかし、そこにお兄様の息遣いは感じられない。当然だ、ただの文字だもの、それも五年以上も昔の麗羅に宛てたメッセージなのだから、雪路に響くはずがない。

それはともかく、暗証番号である。見た限り、台座に書かれてある数字は四つ。

『6.26』の日付と、『Happy 7th Birthday!』にある年齢の数。

暗証番号六桁には届かない。しかし麗羅はジュエリーボックスを膝に抱え、得意げに番号を打ち込んだ。――『０６２６０７』

「……ま、そうだろうな。十の位を０で表せば丁度になる」

またもや麗羅に睨まれた。今度は泣きそうな顔つきである。……そんなに悪いこと言っただろうか。

誕生日はともかく、七という数字に、やはりこのジュエリーボックスが五年以上も前に時を止めていたことがわかる。お兄様の中では、当然、麗羅はいまだ七歳のままだった。雪路自身もあと少しもすればお兄様の享年に追いつく、その虚《むな》しさに感じ入った。やがてお兄様の顔も声も忘れてしまうと思うとやりきれない。

鍵を開けて天板を開くと、中には綺麗な貝殻やビー玉、折り紙で作られたお花といったガラクタが詰まっていた。――いや、違う。そうか、これは。

「お兄様の誕生日にレイラがあげたもの？」

こくり、と麗羅は素直に頷いた。とても嬉しそうに中身を見つめている。なるほど、暗証番号を麗羅の誕生日に引っ掛けていたのはそういうことか。宝石箱というのも、なんというか、気障《きざ》である。実兄とはいえ、ここまでされたら麗羅が惚れ込むのも無理はない。

「……」

どういうわけか面白くない。その理由がわからないのでまた苛立つ。完全に蚊帳《かや》の外の雪路は視線を上げて再び文机の上の猫を見た。

そうして、気づく。台座の側面に、なんだろう、雑に拭き取られたかのような跡が見えた。元々書いてあった何かを拭き取ったようだ。おそらくお兄様が麗羅に遺したメッセージの一部なのだと思うけれど。

ぞくり、と背中が冷えた。お兄様の遺品の中で、唯一雪路が見つけられなかった物がある。それは『黒い手帳』で、つい最近麗羅から旅人に託された、お兄様を自殺に追いやったと思しき要因の一つ。

もしやそれはこのジュエリーボックスに入っていたのではないだろうか。

それならば麗羅が持っていたのも納得できる。旅人に譲った理由は皆目見当も付かないが、もしかしたらここに、この台座に、『黒い手帳』にまつわる遺言が書かれていたのだとしたら。お兄様の意志が遺されていたのだとしたら。

麗羅に託されていたのだとしたら。

父への復讐を。

「……なわけねえよな」

自嘲して、奥歯を噛む。

優しかったお兄様がそんなことをするはずがない。こうして拭き取ってあるということは、内容がどうであれ、麗羅には何も伝わっていないはずなのだ。

もうこの件は忘れよう。すべて終わったことだ。過去は過去のことであり、今雪路の傍では日暮旅人が元気に暮らしている。

それで十分だ。

「レイラ、ちょっと頭貸せ。――逃げんなこっち向けって！」

麗羅の頭を鷲《わし》づかみにして下を向かせる。元々このために実家に戻ってきたのだ、用事を済ませてさっさと帰るとしよう。

じたばたと暴れる麗羅の首にストラップを掛ける。頭を離してやると、顔を上げた麗羅の胸元で携帯電話がぶらりと揺れた。麗羅はそれを手に取って食い入るように見つめた。

「？　？？　？」

眉間に皺さえ寄せ始める。

「携帯電話を初めて見た人か、おまえは？　そんなに珍しいもんでもねえだろ」

「？　なにこれ？」

「だからケータイだよ。おまえにやる」

ますます意味がわからない、という具合に首を傾げる。雪路は舌打ちし、気恥ずかしさを誤魔化すように頭をがしがし掻いた。

「おまえ、もう中学生だろ。年頃なんだから、その、……ほら、あれだよ、防犯用に一つくらい持っとけってこった。あの親父やお義母《かあ》さんじゃあそんなとこまで気が回らないだろうしな。俺名義だが、そこは我慢しておけ。それだけだ」

「いいの？」

何か裏があるのでは、と怪訝そうな顔で見つめてくる。こういうところがまたむかつく。素直に喜んでおけばいいものを。

「月々の支払いは俺がしてやるから。あんま使い過ぎんなよ」

麗羅の頭を一度撫でつけて、立ち上がる。麗羅はキョトンとした顔で、立ち去る雪路を座ったまま見送った。

離れを出て空を仰ぐ。その顔には疲れが滲んでいた。慣れないことはするもんじゃないな、と反省しつつ、

——少しは兄貴らしいことしてやれただろうか。

雪路は「今日だけだ」悪ぶるように吐き捨てて、そそくさと雪路邸を後にした。

*

麗羅は撫でられた感触を再現するように、もう一度自分の手で頭を撫でる。

あの雅彦がお兄様みたいなことをした。

「信じられない。お兄様もそう思うでしょ?」

猫の置物に語りかける。麗羅にとって置物はお兄様の遺影で、猫はお兄様そのものだった。ブラックライトを照らすことで器に魂を呼び出すことができるのだ。半ば本気でそう思っている。

「ねえ、お兄様。私、ちゃんとできたかしら?」

台座の側面を眺めて言う。——ちゃんと義務を果たせただろうか、と。

日暮旅人が口にしたヒントはどこにも見当たらず、おそらくは彼によって拭き取られたこの箇所に記されていたのだと思う。

『黒い手帳』のことも、きっと。中身を覗いてはいけないと彼に言われたから見なかったけれど、でもそれで良かったのだと思いたい。

お兄様が彼を連れてきた。なら、彼に従って正解だったと信じたい。

ジュエリーボックスを脇に置いて立ち上がり、麗羅は猫に見せつけるようにその場でくるりと回った。着物の裾がひるがえる。

「また来るね」

麗羅は合掌し、ブラックライトを消してから、深々とお辞儀をした。

お屋敷に戻ると、キッチンでは一味さんがお茶を飲んで一服していた。

「おかえり〜。勝彦さんに見せてきた？」

無言で頷く。一味さんにじっと見つめられて、着物姿でいることに落ち着かなくなる。この着物は一味さんから頂いた物だった。普段はお洋服だし、あまり着物を着ない麗羅には新鮮で、早速着てみたのだ。着付けを一味さんに手伝ってもらい、姿見に映った自分はまるで別人で、嬉しくなって、お兄様に見せに行ったというわけだ。

まさか雅彦お兄様までいるとは思わなかったけれど。

「うんうん。やっぱり似合うわ〜、着物。座敷童みたい」

一味さんはとても満足げだった。その顔を見る限り本心から言っていて悪意がないこともわかる、きっと褒め言葉のつもりなのだろう。けど。

微妙。

「お誕生日おめでとう、レイラちゃん」

本日は六月二十六日。麗羅の十三歳の誕生日だ。

「雅彦君に会わなかった？　会ったの？　そう、じゃあ何か貰った？」

基本的に一味さんとはほとんど会話をしない。よく喋る人は苦手だった、けれど楽でもある。こちらが喋らずとも向こうから意を酌んでくれるから。麗羅は首を上下左右に振るだけで回答した。

首に掛かった携帯電話が大きく揺らいだ。

「あら、どうしたのそれ？　もしかして雅彦君からのプレゼント？　ふうん。雅彦君らしいっちゃらしいけど、あんまりプレゼントらしくないわねえ。せめて可愛いデザインのにしてくれればいいのにね。女子中学生にメタルシルバーはないでしょう」

激しく同意。雅彦お兄様はこういうところで詰めが甘い。女の子を喜ばそうという気が無いのだろうか。……無いのだろうな。そもそも麗羅を女の子として見てくれているかも怪しい。扱いがいつもぞんざいだし、気遣ってもくれない。

そういえば、この携帯電話が誕生日プレゼントだと一言も言っていないじゃないか。まったく駄目なお兄様。

「レイラちゃん、今晩は食後に特大ケーキが出るからね。期待しててね」

麗羅の顔がぱあと華やぐ。一味さんは笑みを浮かべて、麗羅の分のお茶を注ぐ。

そのとき、麗羅の胸元が振動した。携帯電話のバイブ機能だった。雪路が設定したのだろう、着信音もなくしばらくしてから携帯は沈黙した。

恐る恐る携帯を開き、操作してみる。ディスプレイにはメールが一通届いていることが表示されていた。センターボタンを押すと雪路雅彦の名前が出てきた。すでに登録されていたらしい。若干眉を顰める麗羅であったが、メールを開くとその表情は一変した。

本文には素っ気なく『誕生日おめでとう』の文字が。

湯飲みを手にした一味さんが麗羅の顔を眺めて、呆れたように苦笑した。

「もう。そんなにケーキが待ち遠しい？」

麗羅は大きく頷いて、微笑んだ。

花が咲いたような、女の子らしい、可憐な笑顔だった。

誕生日プレゼントには必ず添えられてあるメッセージカード。

件名に書かれていたのは、もちろん――。


（了）

花の名前

吐き気を催すほどに気が昂《たか》ぶっている。

何度目だろう。よくわからない。ただ気がつけば、子供がよく来る公園や小学校の通学路に佇んで、興奮した体を押さえつけていた。荒く弾んだ呼吸を隠すためにマスクを掛ける。見るからに怪しまれそうだが、幸い季節は春、花粉症に悩まされている人間を装えば別段目立った風貌ではないはずだ。

しかし、発作とはいえ頻繁に出没していれば噂《うわさ》は広まる。大の大人が子供をずっと眺めている様はやはり異様だ、いつ巡回してきたパトカーに呼び止められるかわからない。少しは差し控えよう。——そう思うものの、欲望は止められない。

ああ、堪らない。連れ去りたい。特に幼い少女を見ると体が疼《うず》いてならなかった。目眩《めまい》を起こしそう。気を遣《や》ってしまいそうなくらい興奮し、同時に自己嫌悪にも蝕まれる。吐き気がする。自分自身が醜悪でならない、けれど倒錯した性癖は自らのおぞましささえも刺激に変えた。なんて浅ましい自分。きっと世界で一番腐っている。

そんな最低な人間が幼気《いたいけ》な少女を連れ去ろうだなんて、——最高に素敵だ。

歪んでいるという自覚はある。あるから困る。反社会的であることを意識すればするほど興奮してしまうのだから。かといって異常だとは思わなかった。歪みとは他人の性癖と比較してみての差違だ、この欲求は人間の本能に反していないはず。

問題は、この行為自体が犯罪であるということだ。昨今では、子供の誘拐のほとんどが性的虐待を目的にしている。身代金目当てなんて大昔の話。捕まれば最後、いくら刑期を終えて出所したところで社会的には死に体で、性犯罪はある意味殺人よりも罪深い。向けられる対象が子供ならなおさら。たとえ性交渉が無かったとしても、身代金を目当てにしたとしても、子供を誘拐するリスクの大きさは変わらない。犯罪の果てに待っているのは、世間からの吊し上げに遭う生き地獄だけ。

頭では、理性では、わかっていた。

だからこうやって我慢してきた。子供を遠くから眺めて夢想する、仮初めの達成感で満足してきた。人目を気にして部屋に引き籠もっていたら、ストレスの溜めすぎでいつか本当に暴走してしまう恐れがある。そうならないためにも、定期的に街中を徘《はい》徊《かい》し、少女を目に留める必要があった。

まるで綱渡りのようだ。足を踏み外しかけているのだ、きっかけさえあればいつでも堕《お》ちられる自信があった。そう、本当に些《さ》細《さい》なきっかけ。たとえば身辺環境の変化がある。社会的立場の喪失。人間関係の崩壊。いじめ。失恋。借金。孤独――。何もかもがどうでもよくなるような自暴自棄に陥ったとき、人はきっと大胆になれる。投げやりに生きようと決めれば人生何も怖くない。奈落の底へと堕ちていく、その後押しはどんなことでもきっかけになり得るのだ。

ただし、例外もある。何も自分に関係することじゃなくてもよかった。他人事《ひとごと》でも十分刺激的ならば枷は簡単に外れてしまう。

たとえば、そう。同じ町内で行方不明者が出てしまった場合とか――。

＊　＊　＊

警察署に入ると、入り口で待ち構えていた同僚が資料を手渡し、慣れた様子で増子《ますこ》すみれ警部補の後ろについて話し始める。

「――狭川洋一《さがわよういち》。二十五歳。会社員。独身。趣味は釣りとパチンコ。一週間ほど前から行方がわからなくなり捜索願が出されています。死因は首を切られたことによる失血死。衣服の大量の血は被害者のものですね」

同僚の説明を聞きながら、増子は遺体が写った写真を眺める。何枚も別角度から撮られた写真を順々に捲《めく》っていく。知性的で整ったその顔立ちに嫌悪の色はない。死体は、見慣れていた。

今朝《けさ》、町の郊外にある竹林から男性の遺体が発見された。第一発見者は通勤路である竹林の脇を通りかかったとき、竹林に怪しい大型の段ボール箱が捨ててあるのに気づき、これを警察に通報した。段ボール箱には狭川洋一の遺体が入っていた。発見者は昨日の帰宅時には無かったと証言しているので、昨夜から未明に掛けて竹林に遺棄されたものと見られる。

「他には？　争った形跡はないの？」

歩みを緩めることなく、訊く。

「なさそうっす。無抵抗のまま背後から首をスパッ。凶器は一緒に箱の中に入っていたそうです。そこらのスーパーで買えるような、一般的なナイフです。指紋は検出されませんでした。また、被害者の遺留品は確認されていません。財布から携帯電話まで。物盗りの可能性もあるとかで、築地《つきじ》さんたちはそっちの線で捜査するそうです」

「通り魔ってこと？　それにしては手が込んでない？」

段ボール箱に遺体が詰められた状態の写真を再度取り出した。段ボール箱を用意している辺り、突発的な犯行ではない。

「ん、まあ、隠蔽《いんぺい》工作することで捜査の攪乱《かくらん》を狙っているのではないかと。死体を路上に転がしておいたら、その日のうちに大騒ぎだし、通り魔の犯行だと言ってるようなものですから。ほら、よくテレビドラマのトリックなんかであるじゃないですか。痴情のもつれが引き起こした殺人を通り魔の仕業に見せ掛けるっていうの。その逆バージョンなんですよ、きっと」

「知人の犯行に仕立てたというわけね。……それもどうかしらね」

可能性の話を挙げたら切りがない。あまり多角的に捜査をしても時間を掛けるだけなので、一応の方向性を決めるのは正しい。通り魔事件と判断し、そちらに舵《かじ》を切ったのなら、それに従うまでだ。――もっとも、舵切りの決定打が如何様《いかよう》なものであったのか確認する必要はあるが。

増子が次に聞きたがっていることを把握しているのか、流れるように報告が再開される。

「築地さんたちが調べたことに依《よ》りますと、この狭川って人、会社やプライベートの人間関係でトラブルめいたものは特になかったみたいなんです。明朗で穏やかな人柄、真面目だけれども時々抜けたところもあって、周りからすれば憎めない人間だったそうです。殺されるような人間じゃなかったと皆が口を揃えて言っています。人望は確かにあったようですね。捜索願が家族、友人、会社の同僚とあちこちから届け出があったのもその証拠です。身元確認もスムーズなものでした」

「彼の住まいは当たってみたの？　何か高価な物を紛失していたりとかは？」

「実家暮らしで、家族と同居していました。釣り道具以外にこれといった蒐集物《コレクション》はなかったそうです。一般的な成人男性の部屋でした。——ああ、あと交際している女性はいません。過去にもその手のトラブルは皆無です」

「そう。ますます殺される筋合いはないというわけ。それで？」

「死後おおよそ一週間は経過しています。行方がわからなくなった時期と重なりますね。殺害現場の特定はまだです。首を切っての殺害ですから現場は血溜まりになっていても不思議じゃないんですが、路上で大量の血痕が発見されたという報告は今のところありません。犯人は、いえ、犯人グループは車で被害者を拉致し、どこか山奥で殺害、一週間経ってからこの場に遺棄したと、そのように考えられるのではないかと」

「——築地さんが言ったわけか」

　はい、と同僚は満足そうに捜査手帳を閉じた。増子は不満そうに舌打ちした。

　犯人が複数人いると推理したのは個人では不可能だからだ。人ひとりを運ぶのはかなりの重労働だし、それ以前に成人男性を拉致するなら最低三人は必要だ——運転手に押さえ役が二人。個人的な恨み辛みが殺害動機でないのなら、ネットで集った愉快犯の暴走という線が濃厚となろう。首を切って段ボール箱に詰めて竹林に放置――、これだけでも異常性は十分発揮されている。

しかし、

「怨恨でもそれくらいはしそうなものだが」

「だからー、知人の犯行に仕立てたんですよ。通り魔に被害者の友人関係なんてわからないじゃないですか。でも現代社会に生きてたら誰だって人間関係のトラブルは付きものですからね、容疑者なんていくらでも浮かびますし、それが犯人たちの狙いなんですよ。ええ」

「……」

増子は振り返ることなく歩みを速める。もはや話すことはないと言わんばかりに。

わかった気になっている同僚が不愉快だった。さも自慢げに語っているがすべて先輩刑事からの受け売りでしかなく、それで増子に講釈垂れるのだから情けないことこの上ない。テレビドラマの話を例に出す奴があるか、馬鹿が。

しかし、筋は通る。争った形跡がないのが少しばかり不自然だが、温厚な性格の狭川なら脅迫するだけで大人しくなってしまった可能性はある。……いや、やはり引っかかる。気づかないうちに先入観にとらわれて行動しているような、そんな漠然とした危機感があった。

　現場は竹林に面しているだけあって周囲に民家は少なく、畑を挟んで住宅街が広がっている。竹林の脇道は県道への近道となり、駅を利用する学生や会社員はよくその道を通るらしい。しかし、当然のことながら外灯は一つも設置されておらず、背の高い竹が覆うようにして迫るので、夜になると不気味なほどに暗くなる。女性なら必ず避けて通る道であり、男性でも夜に通るのは怖いはずだ。第一発見者によると朝晩往復で利用しているのは自分くらいしかいないという話だった。つまり遺体運搬の目撃者は期待できない。

　また、この立地条件をあえて利用したとするならば、犯人は竹林周辺の事情に詳しいことになる。まず間違いなく地元の人間だ。

「何にせよ鑑識から詳しい結果が出るまでは足で情報を稼ぐしかないですね。近隣住人に訪ね歩いても目撃情報は少なそうですけれど」

「そうね。あるいはあっさり犯人に突き当たるかもね」

　いつの間にか横について歩いていた同僚の顔が訝しげに曇る。他県からやって来た愉快犯と決め付けていた彼からすれば増子の発言は理解の外だろう。

地元の人間、さらに活動圏内に暮らしていれば竹林沿いに人気《ひとけ》が無いことくらい知っている。たとえ愉快犯による犯行、それも多人数によるものであったとしても、地元の人間が協力している可能性が高い。人海戦術に打って出ればあるいはすぐに容疑者を特定できるはず。

別件の捜査に出ていた増子をわざわざ呼びつけたのも、おそらく訊き込みする担当区域を指示するためだ。直属の上司である築地のいる会議室へと急ぐ。

「そういえば増子さんが追ってる例の未解決事件、何か進展ありました？」

一年前、増子が刑事部に異動してすぐに起こった殺人事件である。パチンコ店の店員が店裏の路地で壁に頭をぶつけて死亡していた。何者かと争った末に突き飛ばされたと見られる。事件当時、勤務中に店員は同僚にトイレに行くと告げてホールから出て行き、五分後、トイレ近くの非常口が開いているのに同僚が気づき、倒れている店員を発見した。犯行時間はたったの五分。物証に乏しく目撃者がいないこともあり、容疑者はいまだに浮かび上がっていない。

間を持たせようとしたのだろうが、今は触れられたくない話題の一つである。

「……進展があればそもそもこんなところで油を売っていない」

失敗したことに気づいた同僚は増子から隠れるように一歩後ろに下がるのだった。

会議室に入ると、狭川洋一殺害事件を担当指揮する築地警部が、増子を見るなり人の好さそうな笑みを浮かべた。

「おお、わざわざすまないね、すみれちゃん」

「――――」

築地は低身長の肥満体質、おまけに丸顔で線のように細い両目のせいで皆から『えびす様』と呼ばれている、それを思い出した増子の顔が一瞬だけ固まった。別に下の名前を馴れ馴れしく呼ばれたからといってセクハラだ何だと騒ぐような女ではないが、同僚には増子が怒ったように感じられたらしく、

「あ、あの増子さんっ、築地さんなりの気遣いなんすよ。フレンドリーに接しようという」

わけのわからないフォローを背中で受ける。増子は内心で溜め息を吐き、平静を保つよう努めて、改めて築地に顔を向ける。

「遅くなってしまい申し訳ありません。お待たせしてしまったようですね」

現在時刻は十八時。会議室には築地以外誰もいない。捜査員は全員訊き込みに出ているのだろう、増子は別件捜査に当たっていたとはいえ出遅れたことを反省した。

築地は「相変わらず固いな」苦笑しつつ、手を振った。

「別に待っちゃいないよ。忙しいのはわかってる。すみれちゃんが真面目なことも知っている。使い勝手のいい部下を好きにさせておくのが俺のやり方なんでな、来てくれただけでもラッキーってなもんだ」

だから気にすんな、と笑う。使い勝手がいいというのは築地流の褒め言葉だ。優秀と認めた上で自由に泳がせる豪胆さからは、築地の器の大きさも同時に知れた。

増子としても築地のやり方は大歓迎である。同僚が築地に傾倒しているのも密かに納得している。……それで同僚が優秀になれるかは別問題であるが。築地は尊敬できるが彼の金魚のフンは認められない、増子の複雑な本音であった。

「さて、お互い忙しい身の上だ、ちゃっちゃと本題に入ろうか」

「助かります」

「うん。聞いてると思うけど、今俺たちは狭川洋一殺しの犯人捜しに躍起になっている。広範囲で訊き込みしたいところだが、人手が足りない。他の事件も分担しているからなかなか手が空かないんだ。わかるだろう?」

「ええ。つまり、私も捜査に加われと?」

そのつもりで来た増子に、しかし築地は「いや」と首を振った。

「すみれちゃんには別の事件を追ってもらいたい。いや、まだ事件と呼べるかわからんがね。とりあえず、後ろの奴を連れてここに行ってほしい」

住所の書かれた紙を渡された。他人事のように後ろに控えていた同僚が寝耳に水のような顔をして、反対に増子はうんざり気味に眉を顰める。

「僕、増子さんと一緒に行くんすか？」

「おお、まあな。おまえはまだまだ好き勝手させられん」

築地の言葉に「なるほど」と頷きかけた増子であるが、お荷物を背負わされた事実に落胆する。

落胆しているのは同僚も同じらしい。「そんなぁ……」口に出して言う辺り本気で未熟である。今から頭が痛い。

気を取り直して紙に書かれた住所を確認する。この住所は駅の西口付近だ。歓楽街のど真ん中、いつ殺傷事件が起きてもおかしくない猥雑とした街。

「あるホステスの一人娘が昨日から行方不明になっている。母子家庭でな、母親は自宅にいると怖いからってんで勤め先に逃げ込んでいるんだと。今からそっちに行って母親から事情を聞いてきてほしい」

お店が入っている雑居ビルの住所だった。増子に任せたのは、いくら刑事でも女性が相手ならホステスも幾分話しやすかろうという配慮からに違いない。適材適所というわけだ。納得せざるを得ない。

嫌々ではあるが、増子は同僚と共にホステスのいるキャバクラへと向かった。

そうして、雑居ビル五階にあるキャバクラの控え室に通された増子はそこで奇妙な二人組に遭遇する。

一人は金髪頭のチンピラ風、粋がったホストのように見えなくもない若い男。そしてもう一人は背の高い、まったく覇気を感じさせない優男。こちらも見た目は若かった。

二人は目元を赤くして俯くホステスを囲んでいた。増子たちに気づくと、そそくさと部屋から出て行こうとする。

「待ちなさい。君たちは何？」

「……そういうアンタこそ誰だよ？」

金髪頭が凄《すご》んでくる。同僚も負けじと、挑発に乗って、睨みつけている。――どうしてこう考えなしなんだろうか、こいつは。増子が同僚の落ち着きの無さに呆れたそのとき、優男の青年が静かに言った。

「警察の方ですよね。ユキジ、揉《も》めない方がいいみたいだ」

「っ、何だよ、そうなら早く言えよ」

どうやら警察と関わり合いになりたくない程度には後ろ暗い事情があるようだ。あっさり引き下がる金髪頭。

増子はその名前を知っていた。

「ユキジ、……もしかして雪路雅彦か？」

うげ、と顔を渋くするも、金髪頭は観念したように頭を掻いた。

雪路元市長の次男。これといって大きな問題を起こしたわけではないが、少年課は彼をマークしていた。何でも若者の間では顔役らしく、親の威光のせいもあるのだろう、警察署内でも有名だ。

この場にいる不自然さに興味を持つ。増子は、そしてもう一人の青年を見上げた。

「で、君は雪路雅彦君のお友達かしら？」

青年は頷き、目をすっと細めた。増子を見据えるその目に、得も言われぬ戦慄を覚える。人を人として見ていない無機物めいた瞳。あえて感情で喩《たと》えるのならば深い哀しみの色を帯びているよう。

増子はこの目を知っている。

殺人犯の目だ。

「僕は日暮旅人と申します。探偵をしています」

青年――日暮旅人は「よろしく」と頭を下げた。増子は訝しげに彼を見つめた。

このときが日暮旅人と雪路雅彦との出会いであり、増子すみれが今後も二人と関わっていく、そのきっかけとなった『二年前の物語』である。

*

ホステスの名前は宮川恵理《みやがわえり》、年齢は二十二歳だった。

一人娘のさくら（五歳）が失踪したのは昨日の昼から夕方に掛けて。恵理はさくらが見当たらないことに不安を覚えたが、住まいのアパートの周辺で一人遊びをしていると思い、また夜の勤めもあったのでそのまま出掛けた。暗くなれば戻ってくるだろうと楽観的に考えて。

しかし、仕事が終わって帰宅してもさくらの姿はなかった。一晩中さくらを探して回ったが見つからず、困り果ててキャバクラのママにそのことを相談すると、ママから警察に届けることを勧められる。恵理は警察に通報するほどの事態であることにおののき、ママに付き添ってもらう形で勤め先から連絡を入れたのだった。

「それで、君たちはどうしてここにいる？」

街の顔役と自称探偵を見据えて、増子は尋ねる。恵理の友人のようには見えない、単なる野次馬なら追い出す必要があった。

問われて、雪路雅彦は面倒臭そうに顔を背けた。

「アンタらには関係ねえだろ。俺たちのことは構わずに、ほら、いろいろ訊いたらどうだ？」

「なんなんだ、おまえは！　偉そうに！　公務執行妨害で逮捕するぞ！」

同僚がいきり立つ。そんなことで逮捕できるなら楽でいい、と増子は思うが、確かに邪魔ではある。雪路雅彦が警察に協力的でないことは明らかなので、日暮旅人に改めて訊いた。

「何か用でも？　探偵とか言ってたけど、まさか子供を探そうとか思ってる？」

「ええ。実はそうなんです」

悪びれた様子もなく正直に答えた。

「どうして？　この人の知り合いじゃないんでしょう？」

恵理にも目顔で尋ねる。恵理は困ったように小さく頷き、日暮旅人はこれまた悪びれもせずに大きく首を振った。

「……宮川さんは違うと言っているけど？」

「上の六階フロアが僕たちの事務所で、住まいなんです。同じビルの仲間なら、知り合いと言っても間違いじゃないでしょう。困ったときはお互い様ですから、僕たちもさくらちゃん探しのお手伝いをしようと思ったんです」

胡散《うさん》臭い台詞に、なぜか大きく嘆息したのは傍らにいる雪路雅彦だった。

「そもそもどうして子供が失踪したことを知っているの？」

「あたしが教えたのよ」

答えたのは、お店から様子を窺いに来たママだった。三十台半ばの女性である。人生の苦労のほどを窺わせる眉間の皺をさらに寄せて、二人の若者を交互に見つめた。

「上の階に入ってきた若者がさ、一人は見るからにチンピラで、もう一人は未婚で子持ちだっていうじゃない。こんなに怪しいやつら、絶対裏があるって思うでしょ。警察がここに来るかもしれないからってさっき忠告してあげたのよ、理由も込みでね。そしたら恵理ちゃんに事情を聞きたいってそっちのノッポの方が」

控え室に押しかけてきたという。雪路雅彦はむしろ止めに入った側らしい。

ご近所付き合いで捜査に協力してくる人間は珍しくない。殺人事件などでなく、子供の失踪事件なら手を貸したいと思うことだろう。その心理は理解できるが、しかし素人に勝手をされる方が後々面倒になることも多かった。一つは情報が錯綜《さくそう》すること。ちょっとした目撃情報でも警察に伝達されるまでに余計な尾ひれが付いてきて、要らぬ混乱を招くのだ。もう一つは、ミイラ取りがミイラ、という事態だ。自警団のように統率されていれば問題はないが、個人で動き回られると協力者の把握が難しくなり、第二の行方不明者が出てくる危険性があった。もしも失踪ではなく誘拐であったならば、発見された犯人に暴行される恐れもある。警察としては聴取以外の協力は極力してもらいたくないのだ。

野次馬根性ならなおさらだ。

「出て行きなさい。君たちがいるとかえって迷惑だ」

二人を追い出す。雪路雅彦はわかるとして、意外なことに日暮旅人もあっさりと出て行った。

「さくらちゃん、早く見つかるといいですね」

心配する素振りにわざとらしさはなかった。野次馬根性と決めて掛かったことに若干のきまり悪さを覚えたが、ならば捜査で挽回《ばんかい》しようと増子は気合を入れ直す。

「早速公開捜査を行いましょう。我々もこれからお住まい付近の調査を始めます」

恵理に向き直り、今後の方針を説明する。事態が大きくなっていくことに不安を隠せない恵理だったが、たとえ大袈裟《おおげさ》になろうと子供が無事保護されるに越したことはない、増子は総力を挙げてさくらを探し出すことを約束するのだった。

実を言えば、これが単なる失踪事件でないことは増子も薄々感づいている。未成年の行方不明者が出た場合、普通最初に動くのは生活安全部の職員である。それが築地の判断で増子にお呼びが掛かった。どう考えても異常だ。

おそらく狭川洋一殺害事件と関係していた。築地は怪しいと睨んだ案件に増子を投じたのだ。宮川恵理の住まいのアパートにやって来て、増子はそう確信する。

時刻はすでに二十時を過ぎていた。アパートの周辺は暗く、住宅街にも拘わらずひっそりとしていた。路地を少し行った先には畑が広がり、そしてさらに向こう側には竹林が鬱蒼《うっそう》と茂っていた。——狭川洋一の遺体が見つかった、あの竹林である。今は捜査員の照明と報道陣のカメラのフラッシュで周辺まで明るく照っており、ここからでもその光がわかる。

「今朝遺体が見つかって、……昨日の夕方頃に子供が失踪か。関連はありそうだけれど、まだ線は薄い」

だが、無視できない繋がりだ。たとえば、死体遺棄の計画を聞いてしまった宮川さくらを犯人グループが連れ去った、とか。もしそうならば双方の事件の有力な手掛かりになる。築地の狙いを悟った増子は、同僚に周辺の捜索を任せて、自らはアパートの住人に訊き込みを始めた。

アパートは木造二階建、全部屋1Kで統一されている。築年数は二十五年を過ぎており、家賃は比較的割安だ。しかし、駅やコンビニから離れているために不便さが際立つ。入居者は宮川恵理を含めても三人しかいなかった。

最初に訪ねたのは一階奥の角部屋、宮川恵理の部屋の隣室に住む、矢口凛子《やぐちりんこ》という女性である。三十三歳。独身。落ち着いた雰囲気があった。

宮川恵理の子供が失踪したと聞いて、矢口は静かに受け止めていた。

「はあ。……そうですか。確かに今日は声を聞いていません」

「隣室の音や声が聞こえるんですか？」

「はい。アパート自体防音になっていませんし。それに、外で遊んでいる物音とかも偶に聞こえてくるんです。……私、子供があまり好きじゃなくて、なるべく懐かれないように避けていました。ごめんなさい。こんなことになるなら注意しておくべきでした」

「失礼ですが、込み入ったことをお訊きします。是非捜査にご協力ください」

矢口は現在無職だった。苦手なのは子供ではなく人付き合いそのものらしく、パートを始めても長続きしないという。ここ一週間はずっと部屋に引き籠もっていた。

「では、何か怪しい人や不審な車を見掛けたとか、怪しい物音を聞いたとか、そういったことはありませんか？」

矢口は思い当たることがあったのか、途端に周囲を気にし始めた。

「……えっと、子供がいなくなったのと関係しているのかわかりませんけれど」

自信なさげに目を伏せて、小声で言う。

「真上の部屋に住んでいる人、『江園《えその》』って男の人なんですけれど、あの人何だかおかしいんです。私よりも働いていないみたいで、ずっとアパートに引き籠もっているんです。いつも部屋の中を歩き回っていて、足音が天井からすごく響いてきて。偶に奇声を出したりもするし。なんだか怖くて。さくらちゃんにも窓からよく話しかけていたように思います。――そう、一週間くらい前に上の部屋から怒鳴り声が聞こえました。あれって誰かと口論していたんじゃないかと思います。ああ、けど、さくらちゃんがいなくなったのと関係ありませんよね、ごめんなさい」

徐々に溜めていたストレスを吐き出すように声も大きくなったが、最後には萎《しぼ》んでしまった。人付き合いが苦手というのもわかる気がする。彼女は感情をコントロールするのが下手なようだ。

「もしかして、あっちで起こった殺人事件と何か関係があるんですか？」

「さあ。なんとも。念のため、しばらくは夜間の外出を控えてください」

次に訪ねる『江園』の人物像をわずかながら描けた増子は、アパートの二階部分を見上げた。怪しいというだけで容疑者扱いはできない。矢口の証言は未確認情報として頭の片隅に留めるに置いた。

ついでに、矢口の言動からも気になる箇所があったが、それも一旦保留とする。

「あの、……それともう一つ」

すでに『江園』に意識を向けていた増子は、恐る恐る口にする矢口に意識を引き戻される。「何か？」促すと、申し訳なさそうに目を伏せた。

「先ほども同じことを訊かれて、同じように答えてしまいました。やっぱりあの人たちは刑事さんじゃなかったのかしら」

「……どういうことかお聞かせください。誰に何を喋ったって？」

「あ、あの、それが、自分たちを『警察のような者』と言って押しかけてきたんです。金髪頭の人と背の高い人。だから、訊かれたことを喋ってしまいました」

思わず額を押さえる。あのまま大人しく帰ったものと思い込んでいたが、甘かった。

すんなり言うことを聞くようなタマでないことくらい見抜いていたはずなのに。

矢口が終始不自然に落ち着き払っていたのも納得だ。むしろ警察を名乗る者が二度も立て続けにやって来たことに戸惑ってさえいたのだ。

「そいつらは、今どこに？」

「さ、さあ。江園さんのところに行ったきりわかりません。そういえば、江園さんと話していたような声は聞こえませんでした。留守だったのかしら」

矢口にお礼を述べ、二階に向かう。階段を上りきり、一番奥の部屋の前までやって来たとき、階下から声がした。

「ちっ、もう来てやがる。あっちの殺人事件を追っかけてりゃいいのによ」

金髪頭——雪路雅彦が増子を見つめてこれ見よがしに悪態を吐き、ふてぶてしい態度で階段を上がってきた。後ろには日暮旅人も控えていた。

「たぶんさくらちゃん失踪事件と関連がないか探っているんだよ。そうですよね、刑事さん？」

「ああ、なるほど。ご近所だもんな」

「……」

二人の会話には入らず、睨みつけるように観察する。雪路雅彦は江園の部屋の扉の前に立ち、呼び鈴を鳴らす。しばらく待つが物音一つせず、「やっぱいねえよな。ったく、しょうがねえ」ぶつぶつと愚痴を溢す。

日暮旅人は手摺《てす》りから身を乗り出して階下を覗き込んでいた。

「ああ、矢口さん。先ほどは失礼しました。本当に助かりました。ありがとうございました」

見ると、まだ部屋に戻っていなかった矢口がこちらを見上げていた。日暮旅人に話しかけられて明らかに動揺している。何も言えずに俯く彼女に、日暮旅人は「そういえば」と軽い口調で続けた。

「スカート、皺になってますよ。太もものところ」

「え⁉　あ、……やだわ、恥ずかしい。……もう私、行きますね」

スカートを押さえながら逃げるように部屋の中へと入って行った。恥ずかしがったというよりは気を悪くした印象だ。この男はデリカシーがないのかもしれない。

日暮旅人に気を取られているうちに、背後から鍵を開ける音が聞こえてきた。振り返ると、まさに雪路雅彦が扉を開けていた。

「ちょっと、待ちなさい！　その鍵、どこで手に入れたの⁉」

「ああん？　どうでもいいだろ、中に入れるんだから」

雪路雅彦に悪びれた様子はない。鍵は大家から預かったか盗んだかしたのだろうが、ここまで堂々と他人の家に忍び込もうとする輩も珍しい。すでに住居侵入未遂の罪で現行犯逮捕できる状況にあるのに、刑事の前ですら自然体でいられるこの神経には驚くばかりだ。それとも犯罪行為を行っているという自覚がないのかしら。

「どうせ江園ってやつ待たなきゃならないんなら、中で待たせてもらおうぜ。ああ、鍵だったら最初から開いてたことにしておけばいい。バレやしねぇよ」

にやにやと笑みを浮かべて増子を挑発する。完全に警察を舐《な》め切った態度だ。

「……」

しかし、雪路雅彦のおかげで捜査がスムーズに運ぶことも確かだ。一秒でも早く江園から聴取したいこの状況で、彼が容疑者であるかどうかの判断材料を事前に手に入れられるのは大きい。……最後にすべてを雪路雅彦のせいにしてしまえば問題あるまい。

「よし。入るぞ。しかしだ、雪路雅彦、手を出せ。それが交換条件だ」

「……へいへい。別に鍵くらいいいけどよ」

鍵の回収を求められたと思ったのか、雪路雅彦が鍵を持つ右手を突き出してきた。

増子はにこりと微笑み、雪路雅彦に接近して、すかさずその腕に手錠を掛けた。片方を増子の腕にも掛けて、完全に拘束する。

「はあああ⁉」

「これでいい。あんまり勝手なことをされても困るからな。うむ、とりあえず住居侵入罪の現行犯を逮捕だ。現在時刻は、――まあいい、面倒だ。おまえ、確認しておけ」

振り返って日暮旅人に指示を出すと、キョトンとしながらも素直に頷いた。

「従ってんじゃねえよ、アニキ！」

「静かにしなさい。ご近所迷惑でしょ。さあ、せっかく開けたのだから中に入るとしよう。雪路雅彦は部屋の中を物色している最中に捕まった、という筋書きで行くぞ」

「ひっでえ⁉　俺だけ悪者かよ⁉　くそ、アンタ、ろくな刑事じゃねえな！」

褒め言葉だ。飼い慣らされていないというお墨付きを頂いた気分である。

揉めていても始まらないと悟った雪路雅彦は大人しく扉を開いていく。中は電気一つ点《とも》っていない。居留守を使っていた様子はなく、完全に無人の静けさである。

まったくの躊躇もなく土足で上がり込む雪路雅彦。増子も大して気にせずに後に続く。

キッチンを通り過ぎ、リビングの扉を開ける。雪路雅彦が壁のスイッチを押すと明かりが点り、部屋全体を浮かび上がらせた。――壁や床、テーブルもベッドもパソコンラックも至るところに赤黒い液体を噴射した跡がこびり付いている。

確認するまでもなく、それは血飛沫《ちしぶき》の跡だった。

「おお、おお、こりゃひでえ……」

軽口を叩く雪路雅彦であるが、繋いだ鎖からは動揺が伝わってきた。案外繊細な性格をしているようだ。

「この出血量から見ても間違いなく人ひとりが死んでいるな。よし」

思わぬ収穫に、増子は捜査の進展の手応えを感じた。

携帯電話を取り出して同僚に繋ぐ。応援と竹林にいる鑑識班を数人回してもらえるよう指示を出す。携帯を仕舞い、改めて部屋を見渡した。

一言で言えば、だらしがない。偏った食生活を送っていることは大量の空容器を見ればわかるし、ベッドの布団やコタツの掛け布団は、干された例しがないのか、膨らみもなく潰れていた。江園が面倒臭がりな性格であることは容易に想像できる。

血飛沫のせいで、それら日常の片鱗《へんりん》はすべて凄惨《せいさん》なものへと変貌してしまったが。

「……これ、さくらちゃんの血じゃねえよな？」

雪路雅彦の声は少しばかり沈んで聞こえた。嫌な想像をしてしまったのだろう。

答えたのは後から部屋に入ってきた日暮旅人だった。

「違うよ。出血量、それと広範囲に広がっている血痕、大人の背丈がないとこうはならない。――ここ。この床が一番血溜まりが酷い。被害者はキッチンに背中を向ける形でここに立ち、そしてこの部屋の主がキッチンから持ち出したナイフで後ろから、おそらく首を掻き切った。トイレに行くとでも言ったのでしょうか。被害者は完全に油断していた。けれど、座る素振りは見せていない。テーブル周辺はテレビの見えるその位置以外は雑然として座れません」

日暮旅人がすらすらと推理を口にしていく。言うとおり、人ひとりが座れるスペースはベッドの脇の一角のみだ。ちょうどテレビの正面に来るので部屋主の指定席だろう。他は脱ぎ散らかした洋服やアニメキャラクターのフィギュアの箱、さらに漫画や雑誌が無造作に置かれていた。長居する気であったならいくらか片付いているはずだ。ということは、この部屋を訪れた人間は少ししたら出て行くつもりだったか、あるいは招かれざる客か。

「殺されたのが江園ってことたあねえのかよ？」

まず初めに疑問に思う事柄だ。

「どうだろう。江園という人を見たことがないからなんとも言えないけれど。この部屋の主はとても神経質だ。一見散らかしているようだけど、自分で作った法則に従って散らかしている。ほら、カップ麵の空き容器は同じ大きさの物でまとめられている。自分が座るスペースの周り、手が届く位置には等間隔で各種のリモコンが置かれている。パソコンから延びたコードも綺麗に縛ってまとめられてある。余分な長さを嫌ったんだろうね。あと本棚、本をジャンルで分けていない。背表紙の色で配列を組んでいる。随分凝っているね。好き勝手弄《いじ》られるのを嫌っていたはずだよ。こんな人が、他人から目を離すとは思えない」

江園が犯人だとする根拠は、この部屋で他者を自由にさせたくない神経質な性格に因るものだ。とはいえ、どんな神経質な人間にも心から信頼している相手くらいいるだろう。逆に江園が油断をして殺された可能性もあった。

「——まあ、それも血液鑑定すればはっきりする。今ここでどうのこうの言っていても始まらない。おまえたち、どうする？　これから刑事が大挙して押し寄せてくるが」

「手錠を外せよ」

仏頂面で右腕を掲げる雪路雅彦。増子はあっさりと手錠を外し、二人に出て行くよう指図した。

「おまえたちがいると何かと面倒だ。雪路雅彦、鍵は返しておけよ」

「面倒って、……やっぱおかしな刑事だよ、アンタは」

宮川さくらの行方の手掛かりがないのだ、二人がここに留まる理由がない。雪路雅彦は呆れた様子で出て行き、日暮旅人はリビングを出る前に増子を振り返った。

「刑事さん、さくらちゃんの行方、もしかしたら江園さんが知っているかもしれませんよ」

何の脈絡もない指摘に、増子は眉を顰めた。

「どういうこと？　なぜそう言い切れる？」

「二人が仲良しだからですよ」

日暮旅人は出て行った。後に残された増子は、彼の言葉の意味を深く考える。

——この部屋で殺されたのはおそらく狭川洋一だろう。遺棄現場から近いこと、物証と死因、そしてここを殺害現場とするならすべての辻褄《つじつま》が合う。江園との関係は調べれば早い段階で割り出せるはずだ。狭川を殺したのは江園。そしてその江園は現在逃亡中。

そこまではいい。だが、どうしてそこから宮川さくらが出てくるのか。まさか殺害現場を目撃されたから一緒に消したとか？　そうだとしても、日暮旅人の言い回しとは食い違う。宮川さくらがまだ生きているかのような言い回し。

奴の言うことなど無視しても構わないのだけれど、なぜか引っかかる。

二人は仲良し？

もう一度細かく部屋の中を観察する。日暮旅人が立っていた位置から見渡してみて、そこで初めて気づけた物があった。

パソコンラックの上。アニメフィギュアが並んで飾られたその中に、玩具屋のロゴが印刷された包みを発見した。いまだ封を切られていないリボンの付いた箱である。

＊

翌日。正午過ぎ。場所は署内の会議室である。

不眠不休で働き通しの増子の元に、同僚が報告にやって来た。

「裏が取れました。江園大樹《たいき》と狭川洋一は高校時代に同じ予備校に通っていました。同じ大学を志望していてクラスも一緒です。二人に面識はあったんです。親交の度合いのほどはわかりませんが、現在まで繋がっていたことは確かでしょう」

血液鑑定の結果、江園の部屋で殺害されたのはやはり狭川であった。状況証拠からして江園が犯行に及んだものと見られるが、まだ決定打には遠い。重要参考人には違いないので過去を掘り下げてみたところ、やはり狭川とは繋がりがあった。

あと必要なものは動機だけ。江園本人を確保できれば事件解決への大きな一歩となる。

「築地さんがお手柄だと褒めてましたよ。昨夜のうちによくここまで突き止めたって」

「偶然だ。それに、お手柄というのは犯人を逮捕したときまで取っておいてもらいたいものね。あんなのは私の手柄ではない」

江園の部屋の異変に気づき独断で侵入した――、増子はそのように報告している。一つ間違えれば職権濫用問題になりかねない所業だが、結果オーライということでお咎《とが》めはなしだった。築地はやはり話がわかる。が、雪路雅彦たちのことが露見すればこうはなっていなかったとも思う。住居侵入を一般人に見られているのだ、世間が許さないし身内も庇《かば》いきれないだろう。奴らを土壇場で追い返して本当に良かった。

「それで、宮川さくらの件についてだが」

「あ、はい。宮川恵理に聞いてきました。さくらちゃんは江園に懐いていたみたいです。今日一緒に遊んでもらった、とかさくらちゃんよく嬉しそうに話していたそうです。宮川恵理は江園のことをあまり良く思っていなくて、さくらちゃんに近づいちゃダメだと注意していたそうですが。……まあ、気持ちはわからんでもありませんが」

そこで同僚は嫌悪感を露わにして言葉を渋る。

「何よ?」

「いえ、……まあ、いわゆるロリコンってやつなんですよ、江園は。奴のパソコンを調べたらその手のアダルトゲームがわんさか出てきました。少女を強姦《ごうかん》するような奴です。アニメオタクだし。二次元にどっぷり嵌っちゃってましたね。こういう変態が実際に犯罪に走るんですよ。現実と二次元の区別がつかないなんて異常者そのものです。あー、やだやだ」

多分に偏見が入っているようだが、増子も概《おおむ》ね同意見だ。就学前の少女に対して性的興味を抱くなど変態的と言わざるを得ない。とはいえ、オタクと呼ばれる人間たちが趣味と現実の線引きに厳しい人種であることも知っている。現実と二次元の区別がついていないのは、むしろ同僚のような偏見だけでオタクを異常者呼ばわりしている方だと思うのだが。

言っても仕方がないので、増子は聞き流した。

「あと、増子さんが言っていたとおり、さくらちゃんはこのアニメキャラクターの大ファンだったそうです」

玩具屋のチラシを差し出した。マーカーで○が付けられてある商品は、確かに江園の部屋にあったのと同じ物だった。変身ヒロインというやつだ。増子にはよくわからなかったが、こういう類《たぐい》の魔法少女モノはいつの時代も子供に大人気なのだ。

「江園の部屋にあったフィギュアと児童向け玩具の変身グッズは、どうやらさくらちゃんにプレゼントするつもりだったみたいですね。まったく、子供を物で釣ろうだなんて、いい大人が何考えてんだか」

「いや、それは別にいいんじゃないか？」

仲の良い子供にプレゼントくらい普通するだろうに。ロリコンというフィルターが掛かるだけでこうも毛嫌いできるとは。同僚の短絡思考には呆れ果てる。

だが、確かに今は一般論を考察している場合ではない。江園が宮川さくらにどういう感情を抱いていたかを見極めなければ。

「……江園が宮川さくらを誘拐した、その可能性は高いか」

「絶対です。きっと人を殺して自暴自棄にでもなったんでしょう。社会的に死んだも同然ですからね、これ以上罪を重ねても痛くも痒《かゆ》くもないってんでしょう。なんて身勝手な奴なんだ！」

「……」

増子はしかし、同僚のように断定できなかった。それではおかしいのだ。そもそも宮川さくらが失踪したのは狭川洋一の死体を遺棄する前である。自暴自棄になるにはまだ早い。理性的に動く必要があった、そのタイミングで宮川さくらをさらうのは不自然すぎる。

それに、同僚は失念しているようだが、大きな問題がいくつも横たわっている。

狭川洋一を竹林に運んだ協力者は誰か。当初から一人で遺棄するのは難しいという見解だった。他にも、死体遺棄に一週間掛けたのはなぜか。一週間もの間、狭川の遺体を一体どこに置いていたのか。まさか江園は死体とともにあの部屋で暮らしていたというのだろうか。

不明瞭な点が多すぎる。

協力者の影が捜査の行く手を阻んでいる。

宮川さくら失踪に関しても真相に霞《かすみ》を掛けていた。

「あと、江園の勤め先なんですが」

同僚の報告は続く。増子は一瞬眉を顰めかけたが、続く言葉に耳を傾ける。

「勤め先と言ってもピザ屋のアルバイトなんですが、狭川洋一が殺された日の翌日にしばらく欠勤する旨の電話連絡があったそうです。江園に関する手掛かりは今のところこれくらいです。目撃情報はまだありません」

「……仕事を休んで一週間。その間誰も彼を見ていないいんだな？」

「えっと、……ええ、たぶん。そうなります、ね。宮川恵理も一週間以上顔を合わせていないと言っていましたし、矢口凛子は天井から足音が聞こえてこなかったと言っています。アパートから出て放浪していたんでしょうか」

自信なさげに答える。「そうか」増子は目を閉じて、今まさに覚えた所感を呟いた。


――狭川がいなくなった一週間、江園大樹もまた行方不明だったのか。


「……バイト先での彼の人物評は？」

切り口を変えて江園の特徴把握に努めることにした。

「江園は人付き合いが苦手らしくて、業務以外のことで会話をすることがなかったとバイト仲間は話しています。根暗だったみたいですね。ですが、悪い印象ばかりでもありません。仕事は真面目にこなすし責任感もあったと、これは店長の証言です」

「過去の職歴は？」

「高校在学中から、受験に失敗してからはずっとフリーターで、アルバイトを転々としています。最低でも一年以上はそこで働いていました。スタンドにコンビニにカラオケ店にスーパーのレジ係、派遣会社に登録していた時期もありますね、倉庫整理や引っ越し屋の手伝いもこなしていたようです。……割と行動的なんですよね」

同僚は報告しながら腑《ふ》に落ちないという表情を浮かべる。オタクへの偏見が彼の中で葛藤を生み出していた。どうでもいいことだが。

増子は違う視点から腑に落ちない。――なぜ奴は嘘を吐いたのか。勘違いだったと言っても通りそうな嘘だが、印象操作されたような不快感を覚える。

確認する必要があった。増子は同僚に指示を出す。

「おまえは江園の実家でさらに詳しい情報を集めろ。江園の交友関係を徹底的に洗うんだ。誰かが彼を匿《かくま》っている可能性があるからな。家族は特に疑ってかかれ。私は江園のアパートに戻るから、何かわかったら携帯に連絡。――ああそれと、江園が過去勤めていた職場の住所を教えなさい。念のため」

机の上に広げた、江園大樹の証明写真の拡大コピーが目に入る。ニキビ痕が目立つ肉付きのよい顔がつまらなげにこちらを見つめていた。

アパートの前で金髪頭に遭遇した。これで三度目か。

「よく会うな。刑事ってのは同じところをぐるぐる回っていれば仕事になるのか？」

皮肉の利いた台詞だったが、口にした本人の顔は随分と暗い。

「そういう雪路雅彦は大学生だったはずだが。講義には出なくていいのか？　そんなんじゃお父さんのような立派な人間にはなれないぞ」

「ハッ。立派なものかよ、あんな奴が」

忌々《いまいま》しげに吐き捨てる。何かしら確執があるようだ。奔放に見えて歳相応の葛藤を抱えている様は増子を少し安心させた。雪路家の息子と言えどそこらの非行少年と変わりない。

どちらかといえば、もう一人の方が気になった。ざっと周囲を見渡してみても日暮旅人の姿はない。

「江園の部屋を見上げていたな。残念だが、入れてあげることはできない」

今も捜査員が引っ切り無しに出入りしている。近所の住人も遠目にこちらを窺っているし、昨日までの静けさが嘘のように騒がしかった。この中を自由に動き回ることはできない。許可も与えられないし、そんな義理もない。

追い返すだけだ。

「さあ、行け。探偵ごっこは状況を選んでやることだ」

冷たくあしらうと、雪路雅彦は挑むような目で増子を睨んだ。

「ごっこ遊びじゃねえ。俺は江園をなんとしても見つけ出さなきゃならねえんだ」

宮川さくらではなく、江園大樹に用があるとはっきり口にした。切迫した気配を感じ取る。どうにも無視できない雰囲気だ。

「江園のことを知っていたのか？　宮川さくらの件とは別に」

「さあな。警察にタレ込むつもりはねえよ。アンタとももう関わりたくねえ」

「事情があるなら詳しく聞かせてほしいものだな。あまり思わせぶりな発言はしないことだ。おまえたちも重要参考人としてしょっぴくぞ。もう一人の方はどうした？」

「……」

雪路雅彦は答えない。おそらくは江園を探して別行動を取っているのだろう。何を隠しているのか知らないが、雪路雅彦のグループよりも先に江園を見つけ出す必要があると感じた。無茶をされたら困る。

無駄だとわかっていたが、一応念を押しておく。

「江園を見つけたなら大人しく警察に通報しろ。いいな？」

増子はその場から外れ、アパートの一階に向かった。一番奥、矢口の部屋の呼び鈴を押す。しばらく待っても出てくる気配はない。通りかかった捜査員の一人が、矢口は昼過ぎに出て行ったと報告した。

「これだけ人が詰めかけていれば嫌気も差すでしょう。下の階には物音が直接響きますし、矢口凛子は人見知りが激しいと聞きますから。彼女、どうかしたんですか？」

「いや、何、少々気に障ることがあったのだけど、本人がいないのなら仕方がない。宮川恵理はどうしている？」

「大変取り乱していましたので、今は署の方で落ち着かせています。一人娘が殺人犯に誘拐されたかもしれないのですから、無理もないでしょう」

「そうね。――もしも矢口が戻ってきたら任意同行という形で署に連れてきて。彼女の証言には不自然な点が多々あった」

江園がろくに働きもせず四六時中部屋に引き籠もっていたとする発言。実際はいくつもアルバイトを掛け持ちしているフリーターだった。

そして、宮川恵理の娘を「さくらちゃん」と呼んでいたこと。子供は好きじゃないと言った口が、子供をちゃん付けするだろうか。「あの子供」とか「宮川さんのお子さん」とか呼ばないだろうか。同じ子供嫌いの増子は一貫して「宮川さくら」と呼んだ。同類だからこそ覚える違和感だ、矢口からは子供への親しみが感じられた。

だから何だというわけではない。ただ、嘘を吐く理由が知りたかったのだ。

後ろ暗いことがあるのだとすれば、それは――。

「矢口の過去の勤め先が実際に存在しているかも調べておいて。今回の事件、いろいろと複雑に絡まっているようだ。矢口はもしかしたら鍵かもしれん」

勘でしかないが、正念場で働くものは信頼できる。

増子はさらに自分の直感を信じて、江園の潜伏先と思しき場所に向かった。

＊

そのカラオケ店は二年前に廃業した。駅から遠く、郊外へと延びる県道沿いで、車を持たない十代の若者が寄りつくには難しい立地だ。単なる経営不振で潰れてしまったカラオケ店だが、店名の文字が躍る看板はいまだに高々と掲げられていた。土地も建物も新たな買い手が付かないまま放置されている状態である。

荒れ放題の駐車場、亀裂が入ったアスファルトの隙間から雑草が伸びている。ところどころにガラス瓶の破片が散乱し、それは廃屋内部にまで及んでいる。潰れた当初は浮浪者や若者が、窓ガラスを割って侵入し、一時的に溜まり場にしていたようだが、やはり立地の悪条件が祟《たた》ってすぐに誰も寄りつかなくなった。今では夏場に肝試しと称して冷やかされるのが関の山である。

春先のこの時季に好きこのんで訪れる輩はいない。

身を隠すには絶好の建物だ。さらに江園はかつてここでアルバイトをしていた。

「安直だが、可能性はある」

江園の職歴が書かれた紙を畳む。夜露に当たらず、さらに勝手がわかる無人の廃墟《はいきょ》はここくらいだ。狭川の遺体が発見されるまでの期間ここに身を隠していたのではないかと踏んだのだ、さすがに事件が発覚した今も留まっているとは思わないが。

可能性があるなら、潰すべきだ。

入り口はスロープ状、やや目線より上がった先に受付用カウンターが見えた。

そのとき、店内を一つの影が横切った。

背の高い人物だった。暗い店内ではシルエットを浮かび上がらせるだけで人相も、性別すらも判別できなかったが、確実に誰か潜んでいる。

「……」

慎重に足を運ぶ。無人の店内は足音を想像以上に響かせた。摺り足気味にゆっくりと前進し、開かれた正面ロビーまでやって来る。店内は思っていた以上に広かった。

ロビーは上部が吹き抜けになっており、受付両脇にある階段を上った二階フロアから全体が見下ろせた。咄嗟に通路の壁に寄って呼吸を殺す。——こちらを窺う気配はない。

さて。どこから探るか。下手に物音を立てたら、すぐさま逃げられてしまう恐れがある。出入りは正面入り口以外の場所——窓や非常口からもできそうだ、ロビーに張り付いていれば逃げ場を塞げるというわけではなかった。せめて見張り役として同僚を連れてくるべきだったか、と増子は奥歯を噛んだ。

カツン、と小石を弾いたような音が響く。一階フロアの奥、迷路のように入り組んだ通路の先からだった。横一直線に小部屋を並べればよいものを、まるで死角を作るために大小様々な部屋をランダムに配置したかのような造りである。……どうしてこのような構造なのかと顔を顰める。外観もお城を模したような、ラブホテルに似た装飾だった。センスを疑う。

一階を奥に進む。角を曲がるたびに顔を覗かせて、一番奥の大部屋まで近づいた。途中の部屋も一応確認したが人影はなかった。物音の発生源は、ここだ。

息を殺す。そっと磨《す》りガラスの扉を手で押すと、中に開いていく。懐中電灯の明かりが見えた。中央に人の気配がある。ゆっくりとゆっくりと開いていく扉。そして、ピンク色のドレスを着た小さな女の子を見つけた。

少女はただ呆然と増子を眺め、瞬き一つしないで佇んでいた。

暗闇の中、ドレス姿の少女が、じっとこちらを見つめている。

「――」

その光景に、思わず息を呑んだ。人形のように生気を感じさせない少女が小首を傾げて増子を見ている。動作は何もない。ただ見つめられているだけで心臓が跳ね上がった。生唾を飲む。声が出ない。全身に鳥肌が立ち、体は、金縛りに遭ったように動かない。

直後、背後から荒々しい足音が迫ってきた。

「後ろっ！」

「!?」

その声に金縛りが解ける。増子はすかさず振り返り、覆い被さってくる何者かに対応する。ほぼ反射的に動いた体は襲撃者を払い腰で投げていた。容赦なく床に叩き付け、訓練で覚え込まされた逮捕術で襲撃者の身動きを封じる。うつ伏せに片腕を締め上げられた襲撃者は、「うーっ、ううーっ、うわあぁう！」奇声を発して悶えた。握られた手からナイフが落ちたが、増子に怪我はない。

両手を揃えて手錠を掛け、先ほど注意を促した人物を振り返った。背の高い人物が部屋の入り口からこちらを眺めている。

「お怪我はありませんか？」

「……やはりおまえか。聞き覚えのある声だと思ったんだ」

暗がりの中かろうじて見えるその顔は、日暮旅人だった。旅人は部屋に入り、中央に佇む少女に近づく。少女の傍らに落ちている懐中電灯を拾い上げると、床に転がってなおも奇声を上げる襲撃者に明かりを向けた。

「もう観念してください、矢口凛子さん。さくらちゃんは保護させてもらいます」

「うわあああ、うわあああああああっ！」

物静かだった矢口はどこにもいない。長い髪を振り乱し、鬼のような形相で叫び声を上げている。完全に正気を失っていた。いつの間にか窪《くぼ》んでいた目のせいで年老いて見えた。――これは本当にあの矢口凛子か？　別人としか思えない。

「僕に見つかった途端、憑《つ》かれたように表情が変わってしまいました。錯乱状態にあるんでしょう。しばらくは彼女との意思疎通は難しいでしょうね」

「……最初に見掛けた人影はおまえだったのか。あのとき、私に気づいていたな？」

「はい。刑事さんが後からやって来たのがわかったので、僕は彼女を誘導しました」

小石を投げるかして物音を立て、矢口を大部屋から誘い出した。物音は増子にも進む方向を示し、増子に少女を見つけさせる。途中、誘導されていると気づいた矢口は慌てて大部屋に駆け戻り、そこで増子に投げ飛ばされたというわけだ。

少女から矢口を引き離すための、旅人の機転である。

「しかし、よくこの部屋にいるとわかったな？」

誘導するにしても矢口が潜んでいる場所を特定できなければ難しい。小石の音が響くほどに静寂だったのだ、矢口も侵入者の存在に気づいて息を殺していたはずだ。

「僕の目には彼女の『気配』がはっきりと視えていました。いくら息を殺そうとも、無人か有人かくらい空気でわかります」

「……まあいい。とりあえず経緯はわかった。それで、矢口凛子が宮川さくらの誘拐犯で間違いないんだな？」

旅人は静かに頷くと、少女──宮川さくらを抱き上げた。宮川さくらは言葉を発しないままじっと矢口を見下ろしていた。感情を忘れてしまったかのように、無表情。

「その子、どうしたんだ？」

「わかりませんか？　恐ろしい目に遭った子供は感情を殺せるんですよ。泣き叫んでも状況が変わらないと認めてしまった場合、心は五感を封じ込める。その感覚を僕は知っている。さくらちゃんは矢口凛子に虐待された」

叫び疲れたのかぐったりと床に伏せる矢口を、旅人は冷たい眼差しで見下ろした。ぞっとする目付きだ。今にも人を殺せそうなほどに危うい。

「おい。殺すなよ？」

あまりの迫力に思わず声を掛けていた。旅人は自嘲するように笑い、首を振る。

「――まさか。殺す価値もない」


矢口凛子を拘束し、築地に連絡する。応援が駆けつけるまで待機だ。日暮旅人のことを報告するかどうか迷ったが、一応保留し伏せておく。訊いておかなければならないことがあった。

「どうしてここにいる？　宮川さくらが監禁された場所をどうやって知った？」

旅人は抱えていた宮川さくらをあやすようにして背中を叩いている。落ち着き払った態度に、増子はますます疑心を膨らませる。

「初めから矢口凛子を疑っていたのか？」

「はい。関係しているだろうことは、なんとなく。最初に引っかかったのは証言の食い違い。子供が嫌いだと言っていたのに子供と接している様子があった。気がつきました？　彼女のスカート。膝辺りから太ももに掛けて捻ってできたような皺がいくつもあった。あれはさくらちゃんが摑んだ跡です。五歳児くらいの子供が大人の衣服を引っ張ると、ちょうどその辺りに皺が寄るんです」

　昨夜、階下の彼女にカマを掛けていたのだ。動揺する様子が疑惑を一層深め、旅人にマークされる結果となった。

「他にも、江園さんの部屋に彼女が居た痕跡が視えていましたし」

「？　では、ここには矢口凛子の後を追ってきたというわけか」

「いえ、ここのことは江園さんに直接聞きました。言ったでしょう。さくらちゃんの行方なら江園さんが知っているって」

「待ちなさい。江園に会ったのか⁉　いつだ！　どこで⁉」

　予想外の発言に気が急いた。今回の事件は複雑に絡んでいると分析していた、順序立てて真相を探らなければ理解は簡単には追いつかないと途中で気づき、努めて落ち着きを取り戻す。旅人に改めて説明を促す。

「知っていることを話しなさい。全部」

「そうですね。その前に、矢口凛子さんの犯行動機について聞きませんか？　本人も大人しくなったようですし。今なら喋ってくれるでしょう」

縦に延びる配管の裏から手錠を通して後ろ手に両手を繋がれた矢口が、薄笑いを浮かべて二人を見上げている。

とても三十代には見えない老け顔はまるで幽鬼のようだった。


「私ね、子供が大好きなの。可愛い女の子は特に。

小さい頃からお人形遊びが好きだった。着せ替え人形よ。貴女も遊んだことくらいあるでしょ？　綺麗な髪、大きな瞳、素敵なドレスを着せ替えるたびに表情がころころ変わって、自分自身も変われる気がした。ほら、お姫様みたいなドレスなんて実際には手に入らないじゃない、だから人形に着せて我慢するの。人形に自分を投影して虚栄心を満たすのよ。ごっこ遊びってそういうものよね、お飯事《ままごと》だって同じよ。なりきることで人は簡単に満足しちゃうのよ。

――ええ、そうね。小さい頃の話よ、もちろん。大人になれば、そんな単純なことで心は満足してくれない。欲求は現実が見えるほどに大きく、際限なく、具体的になっていくわ。私も次第にお人形遊びじゃ満足できなくなっていった。でも、いい加減子供っぽいし、社会に出てからはしばらくそんな趣味嗜好は忘れていた。

人と接するのが苦手なのは、たぶん生まれつきね。友達なんていないし、親兄弟とも最近は全然口を利いてない。会社に居ても浮いちゃって、なんだか人生が馬鹿馬鹿しくなった。そんな風にして心が荒《すさ》んでいくとね、世の中の物全部が憎らしくなっちゃうの。一番恨めしいと思ったのが、女性の幸せとかを煽《あお》るテレビや雑誌。どこを見ても美容と健康と結婚と恋愛。華々しく着飾った女たちが自分を見下しているみたいで苛々した。会社の同僚が寿退社していくのを見送るたびに、私とは住んでいる世界が違うんだって思えた。私は特に優れた才能があるわけじゃない、社交的じゃないし綺麗でもないし可愛くもない、注目されるのは失敗したときと冷やかしくらい。男性経験はないわ、興味もなかったから。でもそれが悪いことみたいに見られるのは我慢できなかった。なんというか、女であることが苦痛になってしまったの。

……なによ？　心配しなくても話すわよ、誘拐した理由でしょ。

会社を辞めたの。八年前だったかしら。それからはずっと無職よ。親に無理言って仕送りだけしてもらって悠々自適に暮らしているわ。他人と関わらないだけですごく解放された気分だった。でも、同じくらい虚しかった。人生つまらなくなると後は死ぬしかないでしょう。でも、そんな勇気ないし、せっかくだから好きなことをして過ごそうって思ったの。街中を散策して、面白いことを探した。よく目に留まったのが小学生の集団。あと、赤ちゃんを抱く母親たち。別に意識するわけでもないのに、いつの間にか目で追っていた。そのときね、気づいたの。

私、子供が好きなんじゃないかって。

母親になりたいんじゃないかって。

お人形遊びが好きだって言ったでしょ。あれ、実は楽しむポイントが違ったのだと気づいたわ。お人形に自分を投影して、だなんてそんなことで満足していたわけじゃなかった。私はね、お人形を子供に見立てて母親になりきっていたの。お飯事のようで微笑ましい？　違うわよ。そんなんじゃなくて、最近気づいたことだけど、お人形を好き勝手扱える特権に異様に興奮を覚えていたみたい。

わからない？　世の母親たちは実際に生きている『着せ替え人形』で遊ぶことができるのよ。

なんて羨ましい！　想像しただけでもぞくぞくしたわ！　自分の子供を着せ替え人形扱いだなんて、どれだけ倒錯しているの！　自分が怖い。こんなに逸脱した人間だなんて知らなかった。でもね、おかげで希望が生まれたの。

子供が欲しいって。

自分の好きにできる『着せ替え人形』が欲しいって思ったの。

でも、性交渉だけは死んでも嫌。男の精液を体内に入れるだなんて気持ちが悪いだけだわ。そんなことをせずに、簡単に『着せ替え人形』を手に入れるには誘拐するしかなかったの。もちろんそんなこと許されるはずない。犯罪だってわかってたし、どうせすぐに捕まっちゃう。私、馬鹿だから。完全犯罪なんて絶対できないし。それにそんな度胸もなかったの。

私はずっと悶々と日々を過ごしていた。

きっかけは何でもよかった。

上の階に住む江園さんが誰かと言い争っていた。くぐもっていて内容ははっきりしなかったけれど、険悪な雰囲気だけは伝わってきた。何かが倒れる音が響いて、直後に誰かが外に駆け出していく足音が聞こえた。

怖かったけど、様子を見に行ったの。どうしてって？　わからない。気の迷いというか、少しだけ怖いもの見たさがあったんだと思う。いいえ、今にして思えば私は刺激が欲しかったんだ。私を後押しする事件が欲しかった。たぶん予感もしていた。

江園さんの部屋に江園さんはいなかった。

代わりに血塗《ちまみ》れの死体が転がっていた。

すぐに江園さんが犯人だとわかった。だってそれ以外ないじゃない。言い争っていた声の一人は確かに江園さんだったんだもの。そのときね、思ったの。これは使えるって。江園さんはじき帰ってくるだろう。そうしたら、彼に提案しよう。

死体を誰にも見られずに処分して行方不明者扱いにしてしまおう、と。

私の中ではっきりと計画が立てられた。子供を誘拐するための計画。これはいけるって思った。でも、そのときは興奮していたからわからなかったけど、冷静になって考えてみたら私の計画には穴がありすぎた。その計画は後で話すわ。

それから一週間もの間、江園さんは部屋に帰ってこなかった。一週間。一週間もよ。彼はすぐに警察にバレるものと思って逃げていたみたいだけど、私は通報しなかったし、近所にもバレないように心掛けた。いつ誰が江園さんの部屋に訪れても誤魔化せるように細心の注意を払った。私はずっと死体の傍で寝起きしていたわ。

一週間経ってようやく江園さんが様子を見に帰ってきた。私が上がり込んでいて吃驚していた。私は江園さんに言った、このまま死体をここに置いておいたら臭いでわかってしまうし、自分の真上の部屋に死体があるなんて耐えられない、どこかに棄《す》てに行こうって。警察に通報しないことを約束して、江園さんと死体を遺棄する計画を立てた。場所、時間、方法——。江園さんも初めこそ反対していたけど、私が死体遺棄に協力する理由がないから、たとえ警察がやって来てもバレやしないって説得した。

硬直した死体を運ぶなんて一人じゃ無理だしね。江園さん、渋々納得してくれた。

私の計画は、行方不明者を誘拐犯に仕立て上げるというものだった。

ええ、そう。そんなの無理なの。だってそこに関連性がないと警察は疑ってくれないでしょ。江園さんの部屋で見つけた死体が誰でどんな人か知らないんだから、仕立て上げることなんて不可能だった。あいつならやりかねないって人が行方不明にならないと意味がないの。

つまり、そういうこと。

江園を行方不明にしちゃえばいいのよ。

そのために死体を遺棄する必要があった。殺人事件を露見させれば、犯人は逃亡するしかなくなるでしょ。同時に、さくらちゃん失踪に関して江園が真っ先に疑われるように仕向けるの。幸い、江園がそれっぽい変態だということは部屋を物色して知っていた。あとは訊き込みに来た刑事に江園が怪しいと吹き込むだけでいい。

死体を段ボール箱に詰めて、二人でアパートの外に運んだとき、一人で遊んでいるさくらちゃんを見掛けたの。衝動的に連れ去りたくなった。事件発覚はおそらく翌日の朝。今のタイミングで誘拐しても何らおかしいことはない。江園には適当なことを言って深夜に再び合流することを約束して、私はさくらちゃんをさらった。ここ？　ええ、江園に聞いたの。人が寄りつかなそうな場所を教えてほしいって尋ねてね。もし監禁したさくらちゃんが見つかっても、この場所を知っていたのは江園だから、ますます江園が疑われると思ったわけ。——え？　江園の行方？　さあ。彼、どこに行ったのかしらね。うふふふふ。

かくして誘拐は成功したわ。警察は思ったとおり江園を疑ってくれた。さらったのが同じアパートに住むさくらちゃんだったのがなおのことよかったみたい。

——ふふっ。この二日間、楽しかったあ。

さくらちゃんにお洋服を着させたり、髪を梳《と》かしたりして遊んだの。最初はむずかってなかなか言うこと聞いてくれなかった。『ママのところに帰る』なんて言うの。おかしいでしょ？　もうママは私なのに。どうして言うことを聞いてくれないんだろうって思って、ちょっと殴ってみたの。泣かれたわ。どうしようって思って、仕方がないからいろいろした。ただ、顔とか体に痣《あざ》ができると可愛くないから、すごく苦労したの。……思っていたのと違った。こんなに騒がれるなんて思わなかった。だってそうでしょ？　さくらちゃんはお人形さんなんだもの。お人形さんは喋ったり動いたりしない、まして泣いたり文句を吐いたりもしない、抵抗だってしない。しない。しないのに。いっそ動かなければいいのにって思ったわ。でも、それだと殺すしかなくなっちゃうじゃない。殺人犯にまではなりたくなかったから、とりあえず努力してみたの。言うことを聞かない子供には体罰が一番ね。口の中にね、こう、針を差し込むのよ。口を開いたらこうするわよって言えば、口を開かなくなる。泣いたら目を潰すって言えば、泣かなくなる。そうこうするうちにさくらちゃん大人しくなってくれたわ。ああこれで本物の着せ替え人形が手に入ったんだって実感できて私、」

「もういい。喋るな」

増子はそう吐き捨てて、拘束したままの矢口凛子を大部屋に残して出てきた。胸くそ悪い。詳細は取り調べの際にもう一度聞くことになるだろうが、今は被害者の宮川さくらの手前である、自制できる自信がなかった。宮川さくらを発見した際、人形のようだと認め、あろうことか怖《お》じ気《け》付いてしまった自分自身にも怒りが湧いた。情けなくなる。

外の通路では日暮旅人が宮川さくらを抱えて待っていた。宮川さくらは寝入ってしまったようだ。

「ようやく安心できたのでしょう。一刻も早くお母さんの元へ返してあげたいですね」

子供を連れ戻して、犯人を逮捕して、それで終わりではない。トラウマは忘れた頃に思わぬ形で現れるものだ、この子にとってこれからがおそらく本当の地獄となるだろう。今後、母娘共にカウンセリングを繰り返すことになるはずだ。同情する。

増子は息を吐き出して、心を切り替えた。——事件はまだ終わっていなかった。

「そろそろ応援が駆けつける。質問に答えろ。江園はどこにいる？」

「……」

旅人はそれに答えず、眠る宮川さくらを増子に手渡した。子供を抱え慣れていない増子はどう扱ってよいかわからず、体は固まる。

「おい。どういうつもりだ？」

「僕はそろそろ行きます。他の刑事さんと会いたくないので。江園さんとは後で引き合わせることをお約束します。手が空いたら僕の事務所まで来てください」

そう言って、にこりと笑う。旅人は踵を返し、友人に挨拶するような気軽さで、

「必ず貴女一人で来てください。大丈夫、悪いようにはしませんから。お待ちしております、——増子すみれさん」

「!?」

途端に、背筋に悪寒が走った。――一度も名乗っていないのに、どうして私の名前を知っている？　調べたのか？　同僚に隙を見て聞き出したか？　何にせよ、それは増子すみれが日暮旅人から興味を持たれたということだ。

無言のまま、旅人の背中を睨みつけるように見送った。

＊

ビジネスホテルの一室に身を隠していた江園大樹は、呼び鈴の音に顔を上げた。

日暮旅人が帰ってきたのだ。

そっと扉を押し開けると、旅人が体を滑り込ませてきた。

「ど、どうでした……!?」

「安心してください。さくらちゃんは無事保護されました。矢口凜子さんは現行犯で捕まりましたよ」

「……そ、そうか。よかった」

力が抜けて、ベッドに腰掛ける。さくらちゃんはどうしようもない自分を好いてくれる唯一の女の子だった。あの子が誘拐されたとニュースで知ったときは目の前が真っ暗になった。どういうわけか自分が誘拐犯にされており、的外れな警察発表を読み上げるアナウンサーには絶句した。――警察は何をやっているんだ！　これではいつまで経ってもさくらちゃんを救出することができないじゃないか！

居ても立ってもいられず、多少のリスクも覚悟して、旅人にさくらちゃんを誘拐したと思しき犯人のことを教えた。そして、おそらく監禁場所に廃カラオケ店を選んだだろうことも。

旅人はすべてを承知していたように、江園の言うことをあっさりと信じた。警察を引き連れて帰ってくるのでは、と疑ったが、江園はホテルに留まり旅人の帰りを待ったのだった。

「も、もう気づいているんでしょう？　ぼ、僕が狭川洋一を殺した容疑者だってこと」

「はい。江園大樹さん、でしたね」

江園は肩を落として俯いた。観念したというポーズである。しかし、その目は逃げ出す隙を見逃すまいと鋭く光っていた。

旅人と出会ったのは、狭川を殺した日から三日後、逃亡生活に疲れて公園のベンチで休んでいたときだ。着の身着のままで慌ててアパートから飛び出したためにお金も持たずひもじい思いをしていたところを、旅人に声を掛けられた。

「どうかされたんですか？」

汚い形《なり》と、衣服に少しだけ付いていた狭川の返り血を見て誤解したのだろう。江園は暴力団に追われていると嘘を吐き、その嘘が幸いにも旅人の琴線に触れたらしく、保護された。ホテルは旅人の名義で取っており、食事代もすべて旅人が持った。

新聞各紙漏らさずチェックしたが、江園が犯した殺人は発覚していなかった。そのことを不審に思い、旅人の目を盗んでアパートに様子を見に戻ったのが運の尽き。矢口凛子に脅迫されて、死体遺棄を余儀なくされた。当然、翌日には世間の知るところとなる。

いや、死体を遺棄しなくとも遅かれ早かれ事件は明るみになっていたのだ、江園は本格的な逃亡生活を覚悟し、旅人を脅して逃走資金を手に入れようと決意した——その土壇場での誘拐報道であった。

「矢口さんが死体遺棄に協力したこともすでに自白しています。警察は、あとは貴方を捕まえることだけに心血を注ぐでしょう」

「……と、逃亡は、難しいって、そ、そう言いたいんですか？」

元来のどもり癖が恨めしげな声色を作った。

「う、嘘を吐いたこと、怒って、けい、警察に通報したんですか⁉」

「通報はしませんし、貴方が暴力団に追われていないことくらい、最初から気づいていましたよ。いえ、可能性はありましたが、衣服の血は貴方の物じゃなかった。どちらかといえば、貴方が加害者だった。貴方を匿ったのは僕の都合ですから、怒ってなんていませんよ」

　穏やかな顔で、薄ら寒いことを言われた気がした。

　善意ではなく、目的があって江園を匿った。江園は、素性を隠していたのは旅人も同じであることに、今初めて気づいた。江園の正体はすでにバレていて、弱みも握られている。

「警察には通報しません。僕は貴方に訊きたいことがある」

　拒否権は許さない、空気がそう告げていた。旅人の目に晒《さら》されて、縫い付けられたように動けない。心のすべてを覗き見られているようだ。不快感を覚え、同時に恐怖した。――逆らえば、何をされるかわからない。

「公園でお見掛けしたときから、貴方が何らかの犯罪に関わっていると視抜いていました。僕はその内容が知りたかった。教えてください、どうして狭川洋一さんを殺したのですか？」

「……」

——ただの興味、か。内心でがっかりしながらも、江園は素直に告白した。

狭川は、どうしようもない善人だった。およそ悪意というものを信じていない、おめでたい人柄をしていた。誰彼なく優しい男で、もちろん他人からの信頼も厚かったが、同時に行き過ぎた正論で人を傷つける厄介者でもあった。特に江園のように自身を卑下し常に他人を羨んでいるような人種にはいちいち鼻につくタイプであった。

大学受験に失敗したときから何かと付きまとわれた。狭川は江園を慰めていたつもりだろうが、志望大学に合格した狭川は落ちた江園の悔しさや嫉妬を斟酌《しんしゃく》せず、無神経に大学生活の良さを語って聞かせた。

「大丈夫だよ！　来年こそ江園君も受かる！　待っているからね！」

大学を卒業し、一流企業に就職してからも、狭川はちくちくと江園をいたぶった。

「江園君、大丈夫なのか？　いつまでもフリーターのままってわけにもいかないだろう。僕の叔父《おじ》さんが会社を経営しているんだけど、そこでお世話してもらえるように頼んでみようか？　将来のことをもっと真剣に考えるべきだよ」

殺してやりたいくらい、憎かった。

こいつがいる限り江園は惨《みじ》めな気持ちを持ち続けるのだ。だから——、

「しょ、衝動的に、……気づいたら、こ、こ、殺していた」

「……」

「ぼ、僕はあい、あいつが許せなかった。心配されていることに腹が立った。そ、それを当然みたい、に、してくるんだ。無神経なんだ。こ、殺されて、当然だ！」

腹に抱えていたものを吐き出すことができて、清々《せいせい》した。ざまあ見ろという気持ちが胸に湧く。こうして誰かに告白することでようやく本懐を遂げられた気がした。

旅人は壁に寄り掛かって大人しく聞き入った後、静かに口を開いた。

「そうですか。狭川さんとはそのような方だったんですね。納得です。——それで？」

「え？　そ、それで、って？」

「それで、結局のところ、何が殺害の動機になったんですか？　それを教えてくださいよ。江園さん」

腰を屈めて江園と視線を合わせる。旅人に見つめられた瞬間、ギクリと心臓が跳ねた。穏やかな目の内側に狭川が持つ同色の善意を見つけた気がした。

日暮旅人はにこりと笑う。

無邪気に。

「答えられませんか？　なら、僕が代わりに答えてあげます。きっかけは一年前でした。僕には仕事のパートナーがいるんですが、その人の大切なお友達が不幸な事故で亡くなってしまったんです。串田司《くしだつかさ》さんという方です。ご存じですよね？」

目が離せない。体は固まって動けず、瞬きすら許されず、呼吸することも苦しい。

旅人のペースに呑まれ始める。

「串田さんは商店街にあるパチンコ店に勤めていました。事件当日、串田さんは金庫から金を盗み出そうとしていた泥棒を見つけました。慌てて逃げ出した泥棒を追いかけ、路地裏で一悶着あった後、泥棒に突き飛ばされて頭を強打し、死んでしまったのです。警察は金庫の場所を知っている人物、つまり内部の事情に詳しい社員やアルバイトを疑った。過去に働いていた人間の履歴書も一通り漁《あさ》ったようですが、残念ながら犯人に辿《たど》り着くことはできませんでした」

口の中が乾く。気づかないうちに全身は汗に濡《ぬ》れ、寒気すら覚える。

旅人の推理は続く。

「犯人はそのお店に勤めていた人間ではないのか。物証も目撃情報もなかったから警察もお手上げ状態でした。僕のパートナーも独自に調べていたのですが、やはり手掛かりすら摑めなかったようです。――ところで、江園さんはあのパチンコ店で働いていましたよね？」

「し、し、知らない！」

「いいえ、昨日店長さんにお伺いしてようやく口を割らせました。九年前、当時高校生だった貴方は確かにあのお店で働いていました。履歴書がなかったのも当然です。お店柄、十八歳未満の学生を雇っていたなんて、もしも警察に知られたら大事ですからね。行政処分を受けることにもなりかねませんし、隠蔽したのも頷けます。僕の目は少々特殊でして、どんな嘘も見逃しません。店長に貴方の名前を振って反応を見、少しずつ追い込んで白状させました。江園さん、認めてください。パチンコ店で働いていましたね？」

「……」

「よろしいです。口で否定できない以上、認めているのと同じことですよ」

そうして旅人はさらに顔を寄せてくる。追及する声は囁くほどに小さく、けれど先ほどよりも耳にうるさい。

「貴方はお金欲しさにパチンコ店の金庫を狙い、途中で見つかり慌てて逃走、そして追いかけてきた串田さんを突き飛ばして殺害、し、し、しました。問題はこの後です。ここからは憶測になりますが、防犯カメラを確認すればきっとはっきりすることでしょう。事件があったその日、路地裏で貴方が串田さんを殺害したまさにその瞬間、狭川さんが店内から外に出て行ったはずです。彼はパチンコを趣味にしていた。よく通っていたパチンコ店がまさしくそこでした。そして、逃亡する貴方と鉢合わせしたのです」

「――」

どこか楽しげに語る旅人は、無邪気を装って悪意をぶつけていた。江園の反応をつぶさに観察し、恐れて泣きそうになっている顔を見つめて悦に入っているようだ。

ぐるぐると視界が回る。平衡感覚を失して吐き気が込み上げる。

「お説教でも喰らいましたか？　早く自首しろと説得されましたか？　善意の塊である狭川さんなら警察に通報するような真似《まね》はしなかったでしょうね、きっと貴方の良心に訴え続けてきたのでしょう。一年もの間、ずっと、ずっと、ずーっと。嫌気が差しませんでしたか？　見下されているような敗北感があったんじゃありませんか？　死にたくなりませんでしたか？　殺したくなったんでしょう？　だから殺したんです。それが殺害動機です。貴方はただ単純に事件の目撃者を殺したに過ぎない。認めましょうよ、江園さん、江園さん、江園さん――。貴方はちっぽけなお金欲しさのため、だけ、に人を二人も殺したんです」

顔に手を添えられ、俯くことを止められた。

惨めに歪む顔を直視されて辱められる。

恐ろしかった。

この男が、この上なく、おぞましい。

呆然とする江園に、旅人はつまらなげに溜め息を吐いた。

「がっかりです。もう少し裏がある事件だったなら、僕が探りたい場所に手が届いたかもしれないのに」

心底落胆したように肩を竦め、興味は尽きたとばかりに旅人は部屋を後にする。

「――ああ、そうそう。警察に通報していないと言いましたが、あれは嘘です。きっちり刑罰を喰らってください。僕は自首を勧めるほどお人好しじゃありませんので」

トドメの捨て台詞に、江園は完全に打ちのめされた。


部屋から出てきた日暮旅人に、増子は睨みつけるような視線を向けた。

「随分と趣味が悪いんだな。あそこまで追い詰める必要があったのか？」

中の声は、旅人のポケットに忍ばせた通話中の携帯電話から漏らさず聞いた。

増子が追っていたパチンコ店店員殺しの犯人が、まさか江園だったとは。予想だにしていなかった。思わぬ手柄に、喜びよりも不審が付きまとう。

「八つ当たりですよ。彼を匿うのに使った費用分の利益を得られなかったわけですから。痛い出費です」

「利益。……貴方が探りたいという場所のこと？」

この男が積極的に犯罪に関わろうとする動機はそこに集約されているらしい。

「組織犯罪に関することならどんなことでも受け付けますので、何か情報が入ったら教えて頂けませんか？　もちろん、タダとは言いません」

親指で部屋の扉を指す。犯人逮捕に協力、……いや、手柄そのものを増子に譲るつもりのようだ。ギブ＆テイクというわけか。

「初めて見たときから貴女とは波長が合うような気がしていました。目的のためなら手段を選ばない、そういう人種です。僕も、貴女も。情報屋の一人くらい飼っていても損はないと思いますよ。増子すみれさん」

旅人に見つめられて、その声で名前を呼ばれた瞬間、寒気がした。険しい表情を浮かべて、旅人から一歩距離を取った。

「……名前で呼ぶな。鳥肌が立った」

「それは残念。可憐で、可愛らしくて、素敵なお名前ではないですか。すみれさん――ああ、貴女にこそよくお似合いだと思います。何が気に入らないんですか？」

「おまえに呼ばれるのが我慢ならん。歯の浮くような台詞もだ。二度と私の前で気取るんじゃない」

それが条件だと理解したのか、旅人は「わかりました」無邪気に微笑んだ。

去り際、旅人が警察手帳を差し出してきた。

「落とし物です。今後はお気をつけて」

「……」

手帳を手に立ち尽くす。――奴が私の名前を知っていたのはそういうわけか。おそらく矢口凛子を投げたあのときに落とした物だろう。蓋《ふた》を開ければどうということはない真相だ。旅人を過剰に警戒していたようだ。

「……どうだろうな。あるいは私と知って近づいてきたんじゃないか？」

廊下の向こうに消えていった影に問いかける。増子は今後どのように奴を利用してやろうかと一計を巡らした。思いの外、愉快な気持ちになった。

――面白くないし、認めたくもないが、確かに私とおまえは波長が合うらしい。

歪む唇を抑えつつ、振り返ったときにはもういつもの凛とした顔つきに戻っていた。

江園が潜む部屋の呼び鈴を鳴らした。


（了）

夏の日

『マコちゃんへ
この手紙を読んでいるということは、もうマコちゃんは引っ越しした後だと思います。もしかしたらまだ車の中かな？　それとも電車の中？　飛行機には乗るのかな？　わからないけれど、それくらい遠くへ行っちゃったんだよね。マコちゃんのことだからずっと眠っちゃってるんだろうなあ。ちょっとはさみしがってくれないと怒るよ。わたしもケイちゃんも、マコちゃんが引っ越すって決まって、転校するって聞いて、すごくすごくさみしかったんだから。ショックだったんだから。マコちゃんも同じくらいさみしがってくれなきゃズルイ。
新しいところでこれまでとは全然ちがう生活が始まるんだよね。どんな気分かな？　そっちは都会だって聞いたから、マコちゃん今頃はしゃいでるんじゃないの。そういうことは引っ越しがぜんぶ片付いてから、だからね。おじさんやおばさんに迷惑かけちゃダメだよ。おじさん、おばさんにもよろしくね。ふたりに会えなくなるのもさみしいなあ。

元気でね。たまには遊びにきてください。お手紙くれたら返事書きます。
またね。』

『マコちゃんへ
さっそくお手紙書いてくれてうれしかったよ！
なんだかいい町みたいだね。やっぱりこっちとは全然違うんだ。バスが五分待たずに来るってすごい！　いいなあ、マンションで暮らしてみたいなあ。自分のお部屋が高い場所にあるってどんな感じなんだろう。景色もきれいって書いてあったからそれもうらやましいです。いつか遊びに行ってもいい？　マコちゃんの新しいお家見てみたい。
新学期だね。こっちでは春休みが終わってもう授業が始まってます。クラス分けがあって、一年のときとクラスの人がほとんど変わっちゃった。ケイちゃんとも別のクラス。なんだかいきなりさみしいよ～。でも、担任の先生が村井《むらい》先生だったからそれは良かったよ。あの先生好き。マコちゃんとケイちゃんはしょっちゅう怒られてたけどね。でも本当は優しいおばちゃんなんだよ？　村井先生もマコちゃんが転校しちゃってさみしがってたよ。マコちゃんモテモテだね！

マコちゃんの方はどう？　もう授業始まった？　友だちはできた？　って、さすがにすぐにはムリか。マコちゃんあんまり話さないもんね。これからは積極的にいかないとダメだよ。わたしもケイちゃんもいないんだからしっかりしないとね。友だちができたら教えてね。こっちも友だち紹介するからね。

マコちゃんが行く中学校はどんなところ？　どんなクラスで、どんな先生がいるの？　マコちゃんが住む町はどんなところ？　近くに神田屋《かんだや》みたいなおかし屋さんある？　シズマズジゴクやオニヤマみたいなトコある？　ロールみたいなお店ある？　秘密基地みたいな場所ある？

わたしやケイちゃんみたいな人はいる？

お手紙ください。ずっとずっと交換していこうね！　約束だからね！

またね。』

『マコちゃんへ

この前の手紙に書いてあったこと、わかったよ！　てっちゃんたちが話してたんだけど、そういうおまじないはこっちでも流行《はや》ってるって。でもそっちとはちょっと違うみたい。わたしは詳しくないからこれ以上答えられないんだけど……。ごめんね。

でも意外。マコちゃんって女子と仲いいの？　そういう話ってあんまり好きじゃなかったよね。もしかしてわたしに合わせようとしてくれてる？　うーん、でも男子と女子だと話題かみ合わないよね。気にしなくていいよ。わたしはマコちゃんがどんな暮らしをしているか知りたいんだから。

ていうか、もしかして彼女できた？　引っ越してもうすぐ一年だよね？　ようやくエンジン掛かってきたかな？　って、ジョーダン！　マコちゃんって女子と話すだけで顔真っ赤にしてたよね。わたしくらいだったよね。まともにお話できたの。

ねえ、本当に彼女ができたら教えてね。恋の相談くらいには乗ってあげるから！って、わたしじゃ役に立たないか（笑）↑なにおう！

わたしもそういうのがあったら教えるね。今のところないけど（泣）

あーあ、期末テストだー。勉強したくな〜い。マコちゃん頭良かったからうらやましいよ〜。もうすぐ三年生だし。受験だね。うわー考えたくないよー。

受験勉強で忙しくなっても手紙は書くから。でも、マコちゃんは無理しなくていいからね。こっちとそっちじゃ高校のレベル違いそうだし。マコちゃんだったら頭いいとこ受かりそうだもんね。その頭脳を分けてほしい（笑）

またね。

体に気をつけてね。』

『暑中お見舞い申し上げます。
マコちゃんへ
お久しぶりです。お元気ですか？　夏バテしないよう気をつけてね。おじさんとおばさんにもよろしくお伝えください。』

『明けましておめでとうございます。
今年もよろしくお願い致します。』

『暑中お見舞い申し上げます。』

『マコちゃんへ
お久しぶりです。本当にしばらくぶりの手紙です。わたしのこと憶えてるかな。いきなりごめんなさい。中学の頃はたくさん文通してたのに、いつの間にか途切れがちになっちゃったね。お互い高校に入ってすごく忙しくなったからでしょうか。それもあるのかもしれないけれど、たぶんお互いの生活が全然違うから手紙を出すきっかけがなくなったんだと思います。

　前に手紙で書いたこと憶えてる？　わたしがケイちゃんと付き合い出したって書いたら、マコちゃんも彼女ができたって送ってきて。

　あのときすごくびっくりして、うれしくって、同じくらい寂しくなったんだ。マコちゃんがわたしの知らない女の子とデートとかしているんだと思うとちょっと胸がキュッてなっちゃった。人のこと言えないのにね。でも、なんだか邪魔しちゃ悪いと思って、ケイちゃんとのことも報告できないままでした。

　ケイちゃんとは今でもお付き合いしています。ケイちゃんもマコちゃんに会いたがってたよ？　文通してるって言ったら「おれもまぜて！」だって（笑）

　でも、このお手紙もずいぶん久しぶりだし、もう文通って呼べないかも。

　マコちゃんが引っ越してからもう四年と半年が経ったんだね。

　早いね。

　あっという間だったね。こうやって大人になっていくのかなー。とかクサいこと言ってみる！　あはは、なんだか照れちゃうぜ。ごめん、忘れて！

　でも、案外そういうもんかもしれないね。わたしは年齢的にはまだ子供だけど、本当に子供だったっていうのはマコちゃんやケイちゃんたちと過ごしたあのときがそうだったんだと思う。自転車で御仁山《おにやま》行ったり、秘密基地作って遊んだり。自分たちの性別を意識していなかったあの頃からしたら、今のわたしたちはずいぶん大人になったよね。

なんかさ、寂しいね。

ごめんね。久しぶりの手紙なのに。何書いてんだろうね。

ごめんね。

思えば、マコちゃんが引っ越してから一度も会ってないね。今どんな顔してるんだろう。背はわたしより高いのかな？　昔はよくわたしの弟に間違えられてたよね。そのたびにマコちゃん怒ってすねてたっけ。なつかしいなあ。

もっといっぱい話したいことあるけれど、今日はこれくらいにします。

迷惑じゃなければお返事ください。

またね。』

『マコちゃんへ

わたし、マコちゃんのことすごいって思った！　あんなわけわかんない手紙からどうしてそこまで的確にわたしの気持ち当てられるの？　マコちゃんが女の子にモテるのもわかる気がした。

そうなの。ケイちゃんのことで悩んでるんだ。

別に嫌いじゃないし、好きなんだけど、やっぱり変なの。ずっと昔から一緒だったから、いざ付き合ってみるとどうしていいかわからなくなるんだ。恋人っぽいことしてみても、なんか変な感じなの。ケイちゃんとどうしていけばいいかわかんなくなっちゃった。

昔がよかったみたいなこと書いちゃったのは、たぶんそういうこと。

マコちゃんが近くにいたらどうなってたかなあ。わたしとケイちゃんが恋人同士にならなかったかもね。って、ケイちゃんが聞いたら泣きそう（笑）

マコちゃんの方はどう？　彼女さんとはうまくいってる？

何か悩んでいることがあれば、わたしでよければ相談に乗るからね。代わりにわたしの相談に乗ってほしいなー、なんて計算もちゃっかりしつつ（笑）

お返事ください。

待ってます。』

『マコちゃんへ
ケイちゃんとはうまくいってます。マコちゃんの言うとおりしてみたら、すごく気持ち的に楽になっちゃった。やっぱりすごいよ、マコちゃんは！　さすがは百戦錬磨！　マコちゃんて実は結構女たらし？　うーん、想像できないなあ。でも、人の気持ちがわかるって本当にすごいと思う。手紙だけのことなのに、マコちゃんはその場にいるみたいに状況を察してくれている。そんなの普通できないよ。頭いいとか、そういうレベルじゃないよね。マコちゃんには人の気持ちを見抜く能力があるんだね。

それとも、それって、わたしだから？

わたしやケイちゃんのことだから？

わかるのかな？

だったら、嬉しいな。マコちゃんとずっと会ってないけれど、昔のまま、仲の良かった幼なじみのままでいられてるんだって思うと、ちょっと感激。

マコちゃんの方はどう？　彼女さんのことあんまり書いてくれないからその辺り不公平だよ。あ、もしかして聞いちゃいけなかったりする？　ごめん、だったらスルーして。勝手なこと書いておいてマコちゃんにも同じこと望んだら、それこそ身勝手だもんね。わたしはマコちゃんに相談に乗ってもらって嬉しかったから、マコちゃんも遠慮せずわたしを頼ってほしかったんだ。けど、相談することがなければ無理に相談することないから。わたしは手紙のやりとりができてるだけでも嬉しいので。

だから、気にしないでね。

……でも、ちょっとだけ寂しいです。

マコちゃんにはわたしたちのことわかるのに。わたしは

またお手紙書きます。

またね。』

『マコちゃんへ
何年ぶりでしょうか。こうしてお手紙を書くのは。

このお手紙はそちらに届いていますか？　住所が変わっていなければ良いのですが。

もしかしたらすでにご実家から離れて暮らしているかもしれませんね。

私はこの春に大学を卒業しました。以前お知らせしたように、ケイちゃんは高校を出てすぐに就職していて、今でも都市部で暮らしています。来月からケイちゃんと一緒に暮らします。私も就職するので、結婚はまだしません。たぶんあと三年くらいは。

同棲《どうせい》しながら今後のことを話し合っていくつもりです。ケイちゃんはともかく、私はまだまだ未熟で子供だから。少しの間だけでも社会に出て勉強しようと思っています。

こちらの近況報告でした。なんだか他人行儀みたいで味気ないね。ごめんなさい。本当はマコちゃんにお手紙を出して良いものか迷っていたのです。マコちゃんにはマコちゃんの生活があるので、もう十年近く会っていない私から連絡があるのは迷惑になるのではないか、と考えてしまいます。何を書いて良いかわからず、何を伝えたいのかもわかりません。ただ、繋がっていたいだけなのかもしれません。迷惑だ、なんて返事をするマコちゃんじゃないことも知っています。律儀で真面目な貴方のことだから、きっと、きちんと返事をくれるのだと思います。

ですが、このお手紙に関しては返事はいりません。勝手なこととわかっていますが、お願いです。私の都合でマコちゃんを昔のままのマコちゃんに縛っていたくないのです。きっと迷惑でしょうから。十年経って、子供でなくなった私たちはとっくに別々の人生を歩んでいます。たぶん価値観も違う。顔を見てもすぐにはわからないかもしれない。もうあの頃の私ではないし、あの頃のマコちゃんじゃありません。

だから、これが最後です。

マコちゃんに私のこれからと、今どこにいるのかだけでも伝われば、それで。

ごめんなさい。

一方通行で、ごめんなさい。

本当はわかっているんです。私は怖がっています。それぞれの違う人生、違う価値観、違う思い出。そういったものを実感するたびに胸が締め付けられます。私は、私が知らないマコちゃんが怖いのです。現在のマコちゃんの姿を想像できないことが怖いのです。寂しくて、泣きたくなります。

昔のままの自分に縛られているのは私の方でした。

私はマコちゃんが、誠《まこと》君のことが、好きでした。

でもそれはずっと昔の感情で、今は今の敬士《けいし》君が好きですし、今の生活を気に入っています。

けれど、だからこそ、私はけじめを付けなければなりません。誠君との思い出を引きずって敬士君とは向き合えません。誠君への気持ちを、昔のこと、と割り切れなかった。だって、貴方とはこうやって連絡を取り合ってきたから。顔がわからなくても、声が聞こえなくても、貴方の言葉はいつも紙の上に躍っていました。私はそこに貴方を感じるたびに、嬉しくなって、切なくなります。そうして自己嫌悪に陥るのです。

たかが手紙とお思いでしょうが、私にとってはマコちゃんと繋がる唯一の手段でした。それがどれほど楽しくて、心の支えになったことか。マコちゃんにはわかるでしょうか。わからないかもしれない。だって付き合わせていたのは私の方だから。いつもマコちゃんからの手紙は私への返信だった。マコちゃんから送られてきたことはなかった。それを恨めしく思ったりしたこともあったかな。だから、わかっちゃった。私はマコちゃんに迷惑を掛けている。ずっとずっと迷惑を掛けっぱなしでいるって。

だから、これで終わり。

いちいち連絡することじゃないかもしれないけれど、突然ぱったりと手紙が途切れたらマコちゃんに要らない心配を掛けるかもと思ったので。

こうして筆を執りました。

今までありがとう。マコちゃん、貴方のこと本当に好きでした。

いつか、どこかでばったり会ったときはいいや。ごめんなさい。気にしないで。

ねえ、マコちゃん。

毎年、夏祭りの夜には三人でよく縁日に行ったよね。花火が打ち上がる時間まで大騒ぎして、その後みんなで花火を見上げたよね。でも、中学二年生の夏以来、マコちゃんが引っ越してからは、私はとっておきの場所から一人で花火を眺めているの。御仁山の秘密基地は三人のものだったけど、あの場所は私だけの秘密基地。敬士君にも秘密だよ。最近は一人で行動するのが難しいから、もう何年も見れていないけれどね。

教えてあげたかったたな。マコちゃんがこっちに帰ってくることがあったら、三人で行ってみたかった。みんなで夏の花火を見下ろしたかった。

それだけが心残り、です。

それではマコちゃん、お体には十分お気をつけて。


お元気で。

さようなら。千夏《ちなつ》より』

——手紙を読み返して、思わず天井を仰ぎ見た。

心の支えになったのは、僕の方だ。

寂しくなったり切なくなったりしたのも、僕だ。

手紙のやり取りで見えてきた僕と君との距離。

どうしようもない、時間と実際と心の、距離。
触れたくても遠い場所に君はいて、
離れ難いほど近い距離に君はいた。

そんな残酷な距離感に、僕はいつも泣いていた。

＊　＊　＊

八月半ば。夏真っ盛り。世間では「夏休み」の文字が躍る。

一般的にその言葉は気分を高揚させるものであるが、『のぞみ保育園』では真逆の意味を持つ。

保育園は幼稚園と違い、両親共働きの家庭の子供を多く預かる施設であるため、開園日も働く親御さんに合わせている。夏休みがない、あるいは時期をずらしてでなければ取れないという職場に勤める親がいれば、必然的に保育園もそれに合わせて開園する必要がある。親の数だけ職場があり、職場の数だけ福利厚生に差違があるのだ、もちろん長期休暇の時期も異なる。保育園がそれに対応するとなれば、当然日曜日以外に園が休みになることはない。

では、保育士たちに夏休みはあるのか。——答えは、否。あろうはずもない。

しかし、それでは保育園の福利厚生に問題が生じてしまう。なので職員にも、なけなし程度ではあるが、休みは与えられた。

問題はいつ取るか。預けに来る子供が一番少なくなるお盆時期にうまいことローテーションを組めばとりあえず全職員に休みは与えられる。だがそれも、運が良くても二日間が限度だ。三日以上の連休は望むべくもない。一日置きでならまだ取れなくもないだろうが、そのサイクルはかえって体を疲れさせてしまう。いつ、どのようなタイミングで休みを取るか。どうすれば連休をつかみ取れるか。夏が近づくにつれ職員同士水面下での駆け引きが激化するほど、保育士にとって「夏休み」は要らない心労を負わせる厄介な問題なのだった。

同僚と休みを合わせるのはさらに困難を極める。一日くらいならまだしも二日間合わせるとなるとそれはもう不可能に近い。

とある週末、飲みに連れ出された山川陽子は、同僚であり先輩である小野智子先生の対面に座らされて、ある提案を聞かされた。

「こういうのはどうよ？　山川がまず現地入りして、次の日に私もそっちへ、んで翌日山川が帰って私はもう一日そこにいる。休みを一日ずらして中の日に一緒に回るの」

「それだとお互い三日間休み取らないとですよ？　無理ですよ」

梅チューハイをちびちびやりながら、陽子は反論する。対して智子先輩は豪快にジョッキをこじ空けて、ふふん、と得意げに笑う。

「心配ご無用。お盆期間はそんなに忙しくないからね、閉園後に残ってあれこれすることもそんなにないわよ」

「……つまり？」

「仕事上がったその足で現地へ出発。休むのは翌日と翌々日の二日間。これなら中二日は旅先で合流できるわ」

うわあ、なんという体育会系なノリ。大学時代からの付き合いでもあるから、これくらいの積極性の方が智子先輩らしいとさえ思える。問題は気持ちと体力が付いていけるかどうか。

「あれ、それだと、仕事上がりってことは二日目の夜に先輩が来るってことですよね。で、翌日の夕方には私が帰るわけで、……実質一日も一緒にいられませんよ？」

無視できない重要な問題を提示すると、智子先輩は呆れた顔をした。

「そんなの別にいいじゃない。アンタ、私と四六時中一緒にいたいわけ？　やめてよ、子供じゃあるまいし」

「それはそうですけど……」

じゃあ一緒に旅行する意味ないじゃないですか、と思っても口にしない陽子である。智子先輩は、短い夏休みをどこにもお出掛けしないで潰すことが許せなくて、旅行に行くきっかけと道連れさえ手に入ればそれでいいのだ。何日か前に「一泊二日の一人旅はどうですか？」と提案してみたところ、

「んな寂しい真似できるわけないでしょうが！　傷心旅行じゃあるまいし！　こちとらまだまだラブラブやっちゅーの！」

割と本気めの水平チョップを喰らわされた。そして、惚気《のろけ》られた。

今の彼氏さんとはすごく仲が良いらしい。それはいいのだが彼氏さんも仕事で多忙を極めるためお互いに連休を合わせるのが難しいのだそうだ。「なんで山川なんかと旅行しなくちゃなんないのよ」と理不尽に愚痴られるが、いつものことと泰然と受け流す。

陽子の我慢強さは智子先輩に鍛えられたと言っても過言ではない。

「予定通り旅行には行くわよ。いいわね？」

「はい」

もう逆らいません、と諦観《ていかん》の境地で頷く陽子であった。

「というわけで、話はまとまったから。——牟加田君《むかた》」

それまで隣のテーブルで一人寂しく冷や奴《やっこ》を突《つつ》いていた牟加田に向き直る。牟加田は穏やかな、見ようによっては困ったような笑みを浮かべて首肯した。

「先輩と山川さん、お二人を案内すればいいんですね。了解です」

そして、やれやれ、と深い溜め息を吐く。陽子も完全に巻き込まれた側だが、一番の被害者であるところの牟加田には素直に同情した。

彼、牟加田君は大学時代の同級生で、陽子や智子先輩と同じ歴史研サークルに所属していた。大人しい性格をしていて、在学当時もあまり目立たない存在だった。

しかし、見た目はどちらかというと遊び慣れているような貫禄《かんろく》がある。彫りの深い顔は外国人のようにすっきりとしていて、それに似つかわしく背丈もあり筋肉質な体つきでもあった。さらに物静かな雰囲気は色気さえも漂わせている。実際多方面からあらゆる系統の女子に言い寄られていた。あしらい方も慣れたものだったし、彼の事情を知らない人からすれば十分遊び人に見えただろう。

今の状況も牟加田が二人の女子をはべらせているように見えなくもない。

「何よ、嫌そうな顔するわね。まるで私たちが強制してるみたいじゃない!?」

——私たちが？　陽子は強い反発を覚える。

「いえ、そんなことないです。是非案内させてください」

智子先輩は絡み上戸の酒癖があり、早速詰め寄られる牟加田。先輩との飲みでは欠かせない光景なので、陽子は傍観に徹していた。……はべらせているどころか脅されているよね、これじゃあ。

先ほどから案内、案内、と言っているのは他でもない。今度の旅行先では牟加田に現地案内をしてもらう約束なのだ（命令とも言う）。

事の発端は学生時代に遡《さかのぼ》る。

当時、ほんの短い間だけ、とある地方の田舎町がテレビで取り沙汰《ざた》された。そこは江戸時代から残る武家屋敷群で、古い町並みも荘厳として美しく、国からは重要伝統的建造物群保存地区に選定され、さらに世界遺産暫定リストの記載候補として提案された。町を、自治体を挙げての観光アピールは、しかし連日連夜続いたものの時間の経過と共に沈静化していった。具体的には一ヶ月ほどの短さだ。流行に乗るどころか世間に置いて行かれてあっけなく終了したのである。

半ば遊びサークルと化していた歴史研サークルの興味を惹くにはやや弱い。事実、智子先輩の琴線には一ミリたりとも触れることはなかったし、他のメンバーも世間が騒ぐから話題に上る程度に面白がっただけである。狭い部室の中で、そんな不遇の観光地の名前が挙がったそのとき、普段物静かで極力誰とも関わろうとしなかった男前がぽつりと呟いた。

「そこ、僕の生まれ故郷だ」

アンタにも生まれ故郷があったんだ、と感心したのは智子先輩だけで、他のメンバーは牟加田が自分のことを初めて語った事実に食いつき質問攻めにした。牟加田は嫌がる素振りを見せはしたものの、故郷での暮らしや町並みを訥々《とつとつ》と語った。その町がどうということではなく、牟加田が自分のことを語ったことが物珍しくて、今でもその話は印象に残っている。

そうしてつい先日、元サークルメンバーを集めた小規模な飲みの席で、智子先輩が夏休みに旅行したいが行きたい場所がないとぼやき、偶々参加していた牟加田を見つけて彼の故郷を思い出したのだった。

「連れて行きなさいよ、そこの観光地。山川も来るから」

「ちょ」

なぜか道連れにされた陽子に拒否権はなく、

今に至る。

「ま、そういうわけだから、泊まる場所とかも確保してくれると嬉しいわ」

牟加田をツアー会社の人間か何かだと思っているのか、智子先輩は容赦がない。牟加田も牟加田で「わかりました。任せてください」とあっさり承諾するものだから先輩の横暴と非難するのも難しい。どっちもどっちだ。

牟加田の従順っぷりに気を良くした先輩はその後も絶え間なくお酒を呷《あお》り、気持ち良さそうに潰れてしまい、そこでようやくお開きとなった。

智子先輩はタクシーで優雅に帰って行った。山川家までは歩いて帰れる距離なので、陽子は酔い覚ましにゆっくりとした歩調で歩き出す。

「あ、牟加田君も帰っていいよ？　私んち、ここからそんなに遠くないから」

「送らせてよ。一人で帰らせたなんて先輩にバレたらそれこそ殺されちゃうよ」

牟加田も陽子の横について歩く。歩調も陽子に合わせてくれた。

「山川さんは相変わらず先輩と仲良いよね」

疲れたような溜め息を吐いて、牟加田は肩を落とす。弄られっぱなしの牟加田を思い出して、陽子は笑った。

「牟加田君は智子先輩苦手なんだ？」

「得意な人の方が少ないでしょ。特にお酒が入るともう手に負えない」

そこはまあ素直に頷いておくとして、

「でもあれで気遣いできる人なんだ。よく人を見ているっていうか、何かあってもすぐに気づいてくれる」

たとえば、元気がなかったり具合が悪かったりしたときは察知するのが誰よりも早い。ミスをすればすかさずフォローに回ってくれる。ちゃっかり頼れる先輩なのである。

「わかるよ。みんなに慕われてるもんね。僕だって人間的には尊敬しているよ」

「本人には言わないけどね。すぐ調子づいちゃうんだから。嬉しいときのお酒ほど先輩の絡みも酷くなるんだよ？」

そのときは愚痴や泣きではなく、甘えん坊になるところにギャップがあって微笑ましいのだが、

「そりゃ恐い。覚えておこう」

それを受けて真顔で口にする牟加田に、陽子は声に出して笑った。

サークル女子からはとっつきにくい印象を持たれていた牟加田であるが、陽子はそれほど苦手意識を持っていなかった。確かに同年代の男子と比べるとちょっと落ち着

きすぎるきらいがあるが、けれど無口ではないし、人付き合いが苦手というわけでもないらしく、現に陽子とならこうして軽口だって叩ける。

おそらく男子の友だちの中では一番仲が良いのではなかろうか。一緒にいても疲れないし、むしろ楽しい。牟加田の方も女子とこうして話すのはサークル内では陽子くらいのものだった。

牟加田は隣を歩く陽子を見下ろしつつ、

「それにしても、良かったのかな？　僕の田舎、本当に何にも無いんだけど……」

困ったように眉を顰めた。謙遜、ではないのだろう。どうやら心底悩んでいるようだ。智子先輩に押し切られたとはいえ、つまらなかったらそれはそれで怒りを買うので下手は打てない。似た経験のある陽子は思わず牟加田に同情する。

「山川さんも良かったのか？　せっかくの休みなのに」

「いいよー。元々予定は無かったし。旅行に行くのなんてどれくらいぶりだろう」

「けど、……」

牟加田は言葉を切った。陽子に予定が無かったのは当然だ、予定を立てる前に智子先輩に巻き込まれたのだから。陽子本人は別に気にしていないが、なぜか牟加田が申し訳なさそうにしている。

まったく。この人もこの人でお人好しなんだから。

「私、本当に楽しみにしてるんだよ？　牟加田君の故郷。それにちょっと行かなきゃいけない理由があって」

「行かなきゃいけない理由？」

牟加田は首を傾げる。陽子はそれ以上語らず、上機嫌に歩みを進めた。

——それは一週間前のこと。『探し物探偵事務所』内で何気なく交わした会話がきっかけだった。台所に立つ陽子と、サポートなのか邪魔をしに来たのかうろちょろと纏わり付く灯衣と、その光景をにこやかに眺める旅人。三人は夕食が出来上がるまでの間、雑談を交わしていた。

父子家庭である日暮親子の食事事情はもっぱら店屋物かインスタント、偶の外食に頼っている。一時期自炊する気に目覚めた日暮親子であったが、手元が不器用な父親《たびと》と口だけ達者な園児《ティ》のコンビにまともに料理などできようはずもなく、そのあまりの危なっかしさに頭を悩ませた保護者《ユキジ》がついに「お湯を沸かすのもレンジでチンも立派な料理だ。そのレベルで満足しておけ」と調理器具を一切取り上げてしまった。以来親子の食事は大変偏った物へと舞い戻ってしまったのである。

保育士として、何より友人としてその事実を見過ごせなくなった陽子は、久しく止めていた食事のお世話をなんとなく再開していた。週一回が週三回に増えた程度ではあるが。灯衣にはそれだけでも噛み付く理由になった。

「陽子先生が作る必要なんてないわ。お料理だったらわたしとパパでなんとかなるもの」

「テイちゃん、そこにあるカップラーメンはなあに？　そういうのはお料理とは呼びません」

「嘘よ。ユキジは褒めてくれたわ。作ってあげたら美味《おい》しいって言ったもん」

インスタント食品を不味《まず》く作れるのならそれはそれで天才的な才能だと思う。雪路の言葉は単なる嫌味だろう。彼の料理の腕はプロ並みで、それ故に料理に対してかなりうるさい拘《こだわ》りを持つという。日々、日暮親子の手によって無残な姿に変わり果てる食材を前にして何を思ったかは想像に難くない。その結果が、インスタント食品を許容した、自炊御法度令なのである。

その上、雪路に料理を作ってやろうという気はないようだ。信条としているのか他人のプライバシーにはむやみに口出ししない主義なので、親子がどんなに不健康な食生活を送っていても構わないらしい。そこまで面倒見きれるか――、そんな悪態すら聞こえてきそうだ。

陽子にとってはありがたい話で、おかげでこうして夕食を一緒にする機会を得ることができた。雪路に渋い顔をされそうだが、自分の役割が戻ってきたみたいで自然と頬はほころんだ。旅人たちに肩入れするのは立場上よろしくないけれど、本心は嬉しくて仕方がない。それくらい三人で囲む食卓は楽しいのである。

なんだかんだ文句を吐きつつも、結局は手伝ってくれる灯衣にも癒《いや》される。

お料理ができて三人で食卓を囲む。そして会話は、お盆期間中はどうするのか、という話に流れ、陽子は牟加田の故郷のことを説明した。

「智子先輩、——小野先生と一緒に旅行することになって」

話しながら、旅人たちと旅行に行くのも楽しそうだなあ、などと考えていると、

「その武家屋敷群のことなら、僕もニュースになったのを覚えています。ここからだと結構距離があるけれど、その分自然に囲まれた良いところだと聞きます。是非行った感想を聞かせてください」

「はい！　お土産も買ってきますね！」

旅人は目をすっと細める。穏やかな笑みを浮かべて、陽子をまっすぐに見つめた。

「いつかみんなで一緒に旅行に行きたいですね」

「――」

何気ない一言だったが、その瞬間今回の旅行に理由ができた。陽子はつんのめるように体を乗り出して、

「じ、じゃあ私、今回は下見のつもりで行ってきます！　みんなで旅行するときは私が案内しますから！」

社交辞令ではなく現実のものにしたいから。

陽子は勢いにまかせて、勇気を振り絞って、そう提案した。いつになるかわからないけれど、確かな約束を取り付けたかったのだ。

灯衣はいつもどおり不満を垂れつつ了承と取れるようなことを口にして、

旅人は嬉しそうに大きく頷いた。

「では、そのときはよろしくお願いします」――。

気合たっぷりに拳を握る。

いつか旅人と一緒に旅行するためにも、牟加田に隅から隅まで案内させなければ。

密かに決意する陽子の傍らで、どういうわけか背筋を寒くする牟加田であった。

＊

出発日当日を迎えた陽子の元に灯衣の欠席の連絡が届いた。夏風邪《なつかぜ》を引いたらしい。お盆期間中預かる子供の数も少ないのですぐにわかった。

「お家で安静にさせるのはいいけど、大変そうね。日暮さんだってお仕事あるでしょうに」

口にしても詮無《せんな》きことではあるが、そう言って智子先輩は顔を曇らせる。普段病児保育を行っていないのだが、子供が少ない今日くらいなら預かってもいいのではないかと陽子も考えてしまう。もちろん不可能だけど。

それにしても今のは智子先輩らしくない贔屓目《ひいきめ》な発言だった。

「山川、テイちゃんが気になるから旅行はキャンセル、なんてのは無しだからね」

「……」

前言撤回。先輩は公私混同させない公正な人だった。釘《くぎ》を刺された陽子は愛想笑いを浮かべてその場をかわし、仕事が終わるやその足で駅を目指す。駅前で牟加田と待ち合わせをしていたが、まだ時間的に余裕があったので『探し物探偵事務所』に寄り道することにした。灯衣の風邪が心配というのもあるけれど、看病する側の旅人がしっかりできているかどうか気になったのだ。事務所に到着しリビングの扉を開けると、思いがけず雪路と出会した。

「よお。見舞いに来てくれたのか？」

嫌な顔一つせずに迎え入れてくれる。雪路には珍しい態度であるが、それよりも。

「テイちゃんの具合どう？　病院には行ったの？」

辺りを窺う。リビングに雪路以外の人影はなし。自室で休んでいるのだろう。灯衣の様子を見に行こうとしたところで、子供部屋に繋がる廊下から着ぐるみパジャマを着た灯衣が姿を現した。

「……なんで陽子先生がいるのよ？」

灯衣が陽子を認めて眉を顰める。思っていたよりも顔色が良かったので安心した。

「テイちゃん風邪引いたんだってね。もう大丈夫なの？」

イタチの着ぐるみパジャマ（どこに売っているんだろう？）を着た灯衣は、ふん、と髪を掻き上げて「大きなお世話」とそっぽを向く。

「どうせわたしのお見舞いにかこつけてパパに会いに来たんでしょう？　その手には乗らないんだから！」

どうしたわけか敵意剝き出しだった。思ってもみなかった態度に当惑していると、視界の隅で溜め息を吐く雪路を見つけた。

「まったくこのガキは。病み上がりからこの調子だよ」

「病み上がりって。じゃあもう熱は下がったんだ？」

良かったと口にすると、雪路は頷くものの渋い顔をする。

「熱が出たのは昨日のうちだ。そうとわかったのは夕方頃だ。ドクターんとこで診察させて薬飲ませて寝かしつけたらすぐに熱も下がったんだが、今日は大事を取って休ませた。今はほれこのとおり、落ち着きなく部屋中歩き回るもんだから目障りなことこの上ねえ。——なあ、テイちゃん、頼むから大人しくしててくんねえか？　こっちはデスクワークが溜まっててイライラしてんだから」

「知らないわよ、そんなの。ここはわたしのお家よ。何してたっていいじゃない！」

「家主は俺だけどな」

二人の間に不穏な空気が漂う。なんだろうこの殺伐とした雰囲気は。雪路の態度もやはりどこかおかしいのだった。

「どうかしたの？」

陽子に問われて、雪路は観念したように肩を竦める。どかりとソファに座り込むと、旅人の部屋の扉に目を遣った。

「今度はアニキが風邪引いた」

「え⁉」

驚いた。旅人さんが風邪？　倒れたとかじゃなく？　人間ならば誰しも風邪くらい引くけれど、なぜか陽子は旅人と風邪が結びつかなかった。なんというか普通すぎて違和感がある。

昨夜風邪っ引きの灯衣ちゃんが旅人に甘えてベッドに潜り込んだのが原因らしい。灯衣の風邪を移されたようだ。原因を自覚している灯衣は居たたまれなくなったのかずっと旅人が引き籠もっている部屋の周りをうろうろし、雪路はそれが鬱陶しい。

「……呆れてんだよ、俺は。人に風邪移されてダウンするなんざ気が抜けてる証拠だ。どうせテイちゃんにほだされて一晩中看病してたんだろうけどな」

旅人の目は五感を一手に担っているために視覚情報の容量が大きく、そのすべての負担が脳へと向かい、酷使しすぎれば、最悪、廃人になってしまう恐れがあった。そのため負担が限界値まで蓄積すると、脳を――視機能を守ろうと自律神経が作用し、体に高熱を起こさせ、意識を失わせることがある。雪路と、旅人を看《み》ているドクターこと榎木《えのき》医師はそれを発作と呼んでいた。

今回は発作とは明らかに違う症状が出ているということだった。それにしても、旅人に対してここまで悪態をつくなんて。雪路の不機嫌は激務への苛立ちにもあるようで、下手に刺激すまいと心に誓う。

「ねえ、ユキジ君、私、」

「陽子さんはこれから旅行だろう？　楽しんでこいよ。こっちのことは気にしないでいいから」

旅人の看病を申し出ようとした瞬間、読んでいたかのように拒否された。それも無下にしにくい厚意を添えた言い回しで。旅行のことは旅人か灯衣のどちらからか聞かされていたのだろう、迷惑というのではなく、単純に陽子を慮《おもんぱか》っての台詞だった。雪路には珍しいことに。

「今回は完全にアニキの自業自得だ。陽子さんが気にかける必要はないし、いつもの発作じゃないんだ、実際大騒ぎするほどのもんでもない。今はテイちゃんの薬の余りを飲んで眠っているが、寝とけば治るさ。もし明日になっても熱が引かなければ、ドクターんとこで新しく薬を処方してもらえばいい。その程度のこった」

看病なんて必要ない、と何度も口にする。そこまで言われたらもう引き下がる他ない。それでも未練がましく旅人の部屋を眺める陽子に、雪路はトドメの一言を放つ。

「こんなことで旅行を取り止めたなんて聞いたらアニキが一番悲しむぞ」

「――――」

あの人は自身の特異体質のせいで周りに迷惑を掛けることを一番恐れている。だから他者と距離を置きたがるのだ、悲しむ人を一人でも少なくするために。

雪路の言うとおりだった。罹《かか》ったのがただの風邪だというのなら、確かに大騒ぎすることじゃない。陽子が望んで看病したとしても、きっと旅人は責任を感じる。辛そうにする旅人の顔は陽子だって見たくない。

「うん。わかった」

陽子にできることは旅行に行って土産話を持ち帰ることだけだ。旅人が楽しみにしていると言ったのだから、反故《ほご》になんてできない。

「旅人さんにお大事にって伝えておいて」

結局、雪路の親切も回り回って旅人を想ってのものだった。このチンピラもどきはいつだって旅人が基準なのである。

なんだか微笑ましい。ほどよく気持ちも晴れたので、陽子は張り切って事務所を後にした。

＊

牟加田は駅の改札口にいた。ジーンズにポロシャツというラフな格好にリュックを背負った、どう見ても三泊四日の旅行に行こうという出《い》で立《た》ちではない。リュックも膨らみが少なくて余裕がありそう。男性は着の身着のままどこへでも行けるのである、それをさほど羨ましいとは思わないけれど荷物は少ないに越したことはない。陽子の場合は二泊三日なのでボストンバッグ一つで足りるけれど、牟加田のはそれよりも少ない気がする。というか、通勤支度よりも軽快なのではなかろうか。

そういえばこれから向かう先は牟加田の生まれ故郷だ、実家に帰省するようなものならこれくらい身軽でもおかしくないのかも。陽子はどうでもいいことに感心した。

「時間ぴったりだね。じゃあ行こうか」

すでに購入していた切符を渡され、交換するようにバッグを奪われる。あっという間の出来事で、陽子が口を開きかけたときにはもう牟加田は改札を抜けていた。鮮やかすぎて嫌味がない。きっと彼は素で紳士に振る舞えるのだ、女子に人気だった理由もようやく摑めた。

――あの外見で優しいんだから、そりゃモテるはずだわ。

手際が良いのもポイントが高い。知らなかった一面が見えた気がして、出発早々楽しくなる。思えば、牟加田と長い時間二人きりになるのは初めてだ。それもまた醍醐《だいご》味《み》の一つに数えて旅行を満喫しようと陽子は思った。

「どれくらい掛かるの？」

電車に乗り込み隣に座ったタイミングで尋ねる。牟加田はうーんと考える素振りをして、電車が動き始めたとき口を開いた。

「電車の移動で三時間、バスに乗って一時間ってところかな？」

「……やっぱりそれくらい掛かるんだ」

インターネットで下調べしておいたので到着時刻も大方見当を付けている。それも乗り継ぎがスムーズに運べばという条件付きであり、プラス一時間くらいは覚悟している。陽子には牟加田がいるからまだマシであるが、明日一人で来る予定の智子先輩を思うと不憫《ふびん》でならない。……ドタキャンしないでしょうね。

時刻が夜七時を迎えた頃、新幹線に乗り換えた。これから先しばらくは乗り換えがないのでようやく一息吐けた。駅弁で胃を満たし、牟加田と暇つぶしの雑談にふける。

「武家屋敷群って牟加田君の地元から近いの？」

「電車で一時間ってところかな。名所と言ってもそれほど広くないし、見て回るより移動時間の方が長いかもしれない」

また申し訳なさそうな顔をする。

「とにかくとんでもない田舎なんだよ。田園風景はちょっとした自慢だけど、あれは丘の上まで登んないとだし。都会にはない遊びと言えば、ビニールハウスで果物と野菜の取り放題とか。ああ、沢の方に行けば水遊びができるな。他には何か、——って、山川さん、どうしてそんなに嬉しそうなの？」

怪訝そうにする牟加田。陽子は両拳を握って身を乗り出した。

「すごい！　私そういう田舎町に興味があったの！　映画とかドラマでよく見るけど、実際にそういう場所って行ったことないんだ。私、今いる町から出たことなくて。どっちの祖父母も同じ町内にいるからさ、『田舎のおじいちゃんち』みたいなのにちょっとだけ憧れてた」

昔から毎年お盆が来るたびに親戚のお家に遊びに行く友人たちが羨ましかった。ドラマなんかで登場する『田舎のおじいちゃんち』の多くは、過疎高齢化が進んだ地域を舞台にしており、そのイメージに引っ張られた陽子にとっての原風景もまた、田園が広がり畦道《あぜみち》が交差する真夏の空の下であった。

ただその場に立つのではなく、その風景の一部になって過ごしてみたい。幼少の頃からのささやかな夢だった。図らずもその夢が実現しそうで陽子は今から興奮を抑えきれないでいる。

一方、牟加田には理解できない思考であった。田舎の風景や町の暮らし、そういったものに愛着はあるが、不便さを経験していれば憧れるなんて言葉は到底口にできない。どうも都会で育った人間は田舎に不思議な幻想を抱きがちである。

とはいえ、嬉しそうな陽子を見ていると、なぜだろう、さらに喜ばせたくなってしまった。

「明日は地元でお祭りがあるんだけど」

「お祭り!?」

「うん。最後に花火が打ち上がる。結構盛大に」

「最高!」

子供みたいにはしゃぐ。牟加田は苦笑しつつ、胸を撫で下ろした。こんな可愛い笑顔が見られるなら案内役を引き受けて良かったと心から思った。

――この様子なら頼み事も引き受けてくれるかもしれないな。

新幹線は徐々に牟加田の故郷へと近づいていく。

新幹線からさらに乗り換え、鈍行で郊外を目指す。窓の外は薄闇に包まれており、住宅やビルディングの灯《あか》りも徐々に減少していく。田舎が近づきつつある。

そうしてようやく降り立った土地は、陽子が想像していたよりもずっと近代的だった。牟加田の地元では『都市部』と呼ばれる、近隣の開発地域だという。

「僕たちの親の世代が若い頃に発展してきた地域なんだって。『都市部』って呼び方は当時からの習わしで、僕たちもこの辺りをそう呼ぶようになった。武家屋敷群はここからの方が近いかな」

牟加田の地元はここからさらにバスで移動し、山を越えた先にある。バス停で時刻表を確認すると、この後の一便が最終だった。往路のバスは一時間に一本、多くて三本しか出ていない。

バスに揺られて五十分。ようやく牟加田の生まれ故郷に到着した。

「お疲れさま。と言っても、ここからもう少し歩くけど」

さすがに陽子も苦笑いを浮かべた。移動した距離も掛かった時間も予想通りだったけれど、ただ乗り物に揺られるだけでこれほど疲れるとは思わなかった。一番精神的に疲労したのが待ち時間だ。電車は駅によっては五分以上も停車することがあったし、バスは三十分待った。もどかしいと思う気持ちは都会育ち故のものだろうか。

降ろされた場所は、道中の山道や田園と比較すれば、まだ町並みと言える環境だった。それでも民家や商店は離れて建っており、合間に当たり前のように田畑が点在していた。——なるほど。牟加田が言っていたとおり、何も無い。

けれど、都会に無いものだってちゃんとあった。味のある新鮮な空気、迫るような虫の音と蛙《かえる》の合唱、そして——。

息を呑むほどに広がる満天の星。

「引っ越して以来初めて来たけど、全然変わっていないな。この町も、空も」

「……すごい。私、こんなに綺麗な夜空初めて」

「山に登ったらもっとすごいよ。星に手が届きそうって表現はこういうときに使うんだって思えるほどに」

ぶるりと肌が震えた。感動していた。辺りに街灯は数えるほどしかなく、それなに夜道が見渡せるのは星明かりによるものだ。こんなの都会に居たら絶対味わえない。

来て良かった。

「こっち。知り合いがやってる民宿があるから」

牟加田について行く。陽子の足取りは軽やかで先ほどまでの疲れが嘘のようだ。反対に、牟加田の歩みは不自然に遅くなっていた。

看板に民宿と掲げている一軒家が見えてきたとき、不意に、牟加田が口にした。

「山川さんって、今、彼氏いないんだよね？」

「はい？」

突然何を言い出すんだ？　訝しげに目を細めながら、小さく頷く。

「好きな人もいない？」

「えっと、それは……」

陽子の脳裏にはある人物が思い浮かんでいる。改めて意識してみるとすごく恥ずかしい。陽子は「うーん」と唸って曖昧に返答した。

というか、牟加田は何のつもりでこんなことを訊くのか？　――まさか、いやそんな馬鹿な。様々な可能性を思い浮かべて、そのたびに陽子は首を振る。自意識過剰は諸刃《もろは》の剣だ、顔を紅潮させながらもとりあえず牟加田の言葉を待つ。

そして、牟加田は予想の斜め上の言葉を口にした。

「頼みがあるんだ。この町に居る間、山川さんには僕の恋人のフリをしてほしい」

「……へ？」

「頼んだからね」

返答する間もなく、牟加田は民宿の玄関の扉を開けた。「こんばんはー」声を聞きつけて現れたのは中年の男女で、夫婦のようだ。牟加田を見るや驚いた顔をした。

「あれ、もしかしてマコちゃんかい？」

「おじさん、おばさん、久しぶり」

夫婦は揃って「マコちゃん」と繰り返し、久方ぶりの再会を喜んでいるようだった。蚊帳の外にいる陽子は、直前の牟加田の頼み事もあって硬直していた。

「いやあ大きくなったなあ。十年ぶりくらいか？　見違えたよ」

「おじさんたちは相変わらずだね。昔とちっとも変わってない」

「いんやあ白髪が増えたがね。しかし、『牟加田』って名前で予約が入ったときはもしかしたらと思ったんだが、まさかマコちゃんだったとはねえ。敬士のやつ、何も言ってなかったぞ？」

「ケイちゃんには知らせてないんだ。ここに来たのは別に用事があったからで」

「ちぃちゃんにもかい？」

何か思うところがあるのだろうか、牟加田は黙った。

おばさんの方がちらちらと陽子を見る。牟加田は陽子の手を取って前に出し、

「こちら山川陽子さん。今お付き合いしている方です」

「っ⁉」

吃驚して牟加田を見上げたが、牟加田は陽子を見ていない。訂正する気はないらしい。おじさんとおばさんが興味津々に陽子を眺めるので、否定するのも憚《はばか》られた。陽子は逃げるように頭を下げた。

「山川陽子です。よろしくお願いします」

「はー、マコちゃんの彼女さんかい。別嬪《べっぴん》さんねえ。こんな田舎にわざわざお越しくださって、大変だったねえ。お部屋用意してあるから遠慮せんと上がりんさいな」

おばさんに手を引かれて上がる。おじさんも嬉しそうに牟加田を招き入れ、二人は客室に通された。

「部屋二つ用意してあるけど、何だったらどちらかにお布団運びましょうか？」

気を利かせたつもりだろうが、おばさんの提案に陽子は顔を引きつらせた。——どどうするの⁉　なんかもう今さら違いますなんて言えない空気⁉

助けを求めるように牟加田を見ると、牟加田は至って冷静に対応した。

「明日、僕たちの学生時代の先輩が来ることになってるんだ。女の人だよ。だから部屋は男女で分けようと思って」

「そうなの？　まあ、そういうことなら」

どこか残念そうにしながらもおばさんは引き下がる。陽子はほっとした。

夫婦は夜食とお風呂の準備をしに退室し、牟加田も宛がわれた客室に向かった。結局何の説明もされないまま一人残された陽子は、畳の上にぺたりと腰を落とした。

「どうなってるの？」

牟加田の目的がわからない。恋人と好きな人の有無を尋ねられて、いきなり恋人役に仕立て上げられた。陽子をどうするつもりなのか。なんとなく甘酸っぱい展開にはなりそうにないなと思った。なっても困るけど。

好きな人という単語が引き鉄《がね》だった。旅人の顔が脳裏にちらつき、次第に遠く離れた場所にいることが寂しくなった。

――旅人さん、具合どうだろう？　看病してあげたかったな。

突如鳴り響いた着信音にどきりとする。慌てて携帯電話を取り出すと、ディスプレイには『小野智子』の文字が映っていた。

「も、もしもし、先輩ですか？」

『――ああ、よかった。繋がった。携帯通じなかったらどうしようかと思ったわ』

からからと明るい声が聞こえてきた。どうやら一杯やりながら連絡してきたようだ。

陽子は知らず肩の力が抜けた。牟加田がおかしなことを言い出してから変に緊張していたのだ。

『どうよ、そっちは？』

「想像以上の田舎です。牟加田君が言ってたとおりでした。あ、けど星空はすごいですよ。これ拝めただけでも来た甲斐あります。先輩も絶対気に入ります」

窓に寄ってみたが、軒が邪魔をして夜空を見上げることができなかった。後でもう一度外に出てみようとか考えていたら、思わぬ言葉を電話越しに聞いた。

『――ああ、ごめん。私、そっち行けなくなったんだわ』

他人事のような口調で信じられないことを抜かした。

「ええ⁉　どういうことですか⁉」

陽子を巻き込んで企画した旅行なのに、言い出しっぺの本人が来ないなんて。智子先輩なら十分あり得る事態だが、今回に限っては泣き寝入りするわけにいかない。これから二日間牟加田と二人きりで過ごさなければならなくなる。

『しょうがないのよ。沖田《おきた》さんが熱中症で倒れちゃってねー。病院に運び込まれたみたいよ』

「沖田さんが？」

同僚の保育士である。明日、明後日《あさって》の当番だったはず。

『園長先生に直々に頼まれちゃってさ。つーことで明後日のお休みは返上、沖田さんの代わりに出勤することになったのよ。ま、運が悪かったかなあ。まさか病人に鞭打《むちう》つわけにもいかないしねー。その分沖田さんには今後休暇の都合に利用させてもらうけどねー』

淡白な物言いだったが、落胆の色が滲んでいた。お酒もヤケ酒だったらしい。

『せっかくだし、楽しんできなよ。今年の夏は土産話で我慢するわ』

「先輩、その、こっちはこっちで予想外の出来事がありまして」

牟加田の恋人役の話をした。智子先輩は黙っていたが、聞き終わると「はん」鼻で笑った。

『良かったわねー。私、行ってもお邪魔だったみたいだし。運が良かったわねー』

「先輩、こっちは真面目に話してるんですが！」

『冗談に決まってんでしょ。心配しなさんなって。牟加田君が相手ならどうこうなんてならないでしょう。それとも山川、もしかして心揺れてたりすんの？　別に好きな人がいないなら、牟加田君っていう選択肢もアリだわよ？』

陽子にその気があるのならどう転ぶかわからない。智子先輩は若干面白がって話を広げようとする。

「無いです。私の好きな、っ、えーっとつまり、そう！　牟加田君はただのお友達です！」

断言すると、あっそ、と冷めた声で突き放された。

『どうでもいいけどね。アンタと牟加田君じゃ全然似合わないわよ。心配するだけ無駄よ、無駄。それに、そういえばあいつって確か遠恋してなかったっけ？』

十分ほど会話して、電話を切る。

「そういえば、そうだった」

そうなのだ。牟加田は女の子に言い寄られるたび「遠くに彼女がいるから」と断ってきた。遠距離恋愛を公言してきた彼にそれ以外の浮ついた話は皆無だ。陽子や智子先輩が牟加田を無害認定しているのもそれが大きな理由である。

田舎に残してきた彼女、すなわちこの町にその女性がいるはずで――。

「じゃあ私は何だってのよ？」

牟加田の真意がわからないまま、田舎の夜は更けていく。

＊

マコちゃんへ――――。

『高校生にもなって遠足だよ？　すっごく疲れたー。レクリエーションって休養とか娯楽って意味なのに、どうして疲れさせるんだろう。だったらレクリエーションって名前付けるな！　詐欺だー！　って、マコちゃんに言ってもしょうがないか。

都市部の方にある武家屋敷群に行ってきたの。マコちゃん行ったことあったっけ？　わたしは初めてだったんだけど、本当に何も無いね（笑）静かでのんびりしてたからわたしは好きだけど、クラスの友だちはつまらないってぶーぶー文句言ってた。女子高生が行く所じゃないね、あそこは。

マコちゃんだったら気に入るかもね。ケイちゃんは興味なさそう――――』

当初の目的どおり、牟加田は陽子を連れて武家屋敷群に向かった。バスと電車を乗り継いで辿り着いたその町は、古くからある町並みを残して風格があったが、意図的に色彩を排してしまったことで若々しさが欠けていた。古臭くて活気がない、すなわち若者の寄り付かない雰囲気を生み出している。この町並みこそが資源だと言うにしても、訪れた観光客をもてなそうという意気がなくては集客は望めない。数年前に脚光を浴びたあのときがピークで、今では忘れ去られた風景だ。

それでも歴史を感じさせる佇まいは健在だった。町並みの魅力は一切衰えていない。文化を残すことに一意専心していた甲斐は確かにあったのだ。町並みをデジカメで撮って回る陽子の横顔は、とても満足げである。

「歴史に興味あったんだ？」

「うーん、ちょっとだけね。伊達《だて》に歴史研に入っていません」

そういえばそうか、と牟加田は笑う。まともな活動をしていなかったサークルだったけれど、入部した動機は歴史への興味だったはずだ。

「牟加田君は違うの？」

「違うよ。同期の連中とサークルの新歓コンパに勢いで参加して、そこで小野先輩に拉致られたんだ。捕まったのは僕一人で、誰も助けちゃくれなかったな」

「あはは、それはまた災難だったね」

だからといって不本意だったわけではない。実際に活動に参加してみたら楽しかったし、不思議なことに居心地も良かった。

「悪いばかりじゃないよ。山川さんにも出会えた」

「……」

陽子はわずかに頬を赤らめて顔を逸らす。牟加田にはその機微が察せられず、変わらない調子で陽子に尋ねた。

「この後どうしようか。一応、武家屋敷群はそこの角で終わりなんだけど」

町並み、と表現したが文化財は数百メートル程度の通り沿いにしかない。ゆっくり時間を掛けても一時間もあれば終着する。現在の時刻は午前十一時、まだ一日は始まったばかりだ。

「牟加田君にいろんなところを案内してもらえると嬉しいんだけど」

「いろんなところって、たとえば？」

「昨日、電車の中で話したトコ。綺麗な田園風景とかカメラで撮ってみたいな」

牟加田は若干渋い表情になる。できることなら陽子の要望に応えてあげたい。しかし、牟加田にも目的があった。

「小野先輩はこっちに来られないんだったよね？」

「うん。でも、どっちにしても夜までは私一人だったよ？　智子先輩なら仕事上がりにこっちに向かう予定だったから」

牟加田はそのことを完全に失念していた。タイムリミットは夜の八時、それまでは一人で動きたいところだ。うーんと真剣に悩み始める。

いろいろと思わせぶりな牟加田の言動に、ついに陽子も我慢の限界を迎えた。

「訊きたいことがあるんだけど、いい？」

「？　なに？」

「昨日のことだよ。その、……恋人のフリするってやつ。あれってどういう」

「ああ、あれ。うん、あれはもういいんだ。ありがとう」

そっちの目的はとうに果たした。今夜も同じ宿だが、今さら口裏を合わせなくてもあの夫婦なら勝手に想像を膨らませてくれる。牟加田はまったく説明しないまま、それだけで話を打ち切ってしまった。さすがに陽子もムッとする。

「感謝されたいんじゃなくて説明してほしいの！　勝手に人のこと恋人扱いしたんだから、どういうことなのか話してくれないと納得できないよ」

陽子に諭されて「それもそうだな」と反省する。

「ごめん。確かにこれじゃあ不誠実だ。じゃあ歩きながら話そう。せっかくだから山川さんにも僕の目的に付き合ってもらうよ。うん、それがいい。考えてみれば一石二鳥だった」

「？」

首を傾げる陽子に、牟加田は乾いた笑みを浮かべた。

「僕の目的は二つあった。一つは恋人を連れてくること。もう一つはある場所を見つけ出すこと」

それは、十年以上も続いた恋に決着をつける儀式であった。

『神田屋のおばあちゃんっていくつなんだろうね。なんかずっと昔から同じ顔してるような気がするんだけど。たぶん大人になっても変わらず店番してるんだと思う。マコちゃんも久しぶりに来たら絶対にビックリするよ。この町の七不思議の一つだもんね。ずうっと長生きしてほしいなあ。

そうそう。七不思議って言えば、昔、マコちゃんとケイちゃんとわたしでよく作ってたよね。シズマズジゴクの怪談とか、オニヤマの鬼とか、神田屋のおばあちゃんもその一つ。懐かしいなあ。他に何があったっけ？——』

牟加田の生まれ育った町に帰ってきた二人は、民宿のおばさんから自転車を借りた。この町での交通手段はもっぱらこれである。真夏の太陽の下、日陰コースを選んですいすいと緑道を進む。

「気持ちいいねーっ」

陽子の声に、振り返ることなく大きく頷く。――ちょうど今同じことを思っていたところだ。

気温は意地悪く上昇し続けているが、流れる汗が清涼剤に変わって微風を絡ませる。砂利道の連続だったけど都会のアスファルトと違い熱を保たないので、暑さに関してはまだ過ごしやすい。この感覚は忘れていた。もっと小さかった頃の、低い視点で感じた暑さを思い出す。真っ青な空、揺らぐ陽炎《かげろう》、土の匂い、入道雲の迫力、蟬時雨《せみしぐれ》にどこかの家の風鈴の音。確かにこの場所に牟加田はいた。千夏と敬士と三人で、日が暮れるまで太陽の影を追いかけた。

田んぼに挟まれた畦道に入った途端、風の色が変わる。

抜ける風は少しひんやりとしていて、草の匂いを引き連れた。

遠くに見える黄色い絨毯《じゆうたん》は向日葵《ひまわり》の群れ。そこを目指してペダルを漕《こ》ぎ、カラカラと鳴る車輪にリズムを合わせる。

夢にまで見た夏の日々。

「――帰ってきたんだ」

まったく。人のこと言えない。誰よりもこの景色に憧れていたのは、この僕だ。

勢いをつけて小高い丘に挑む。途中でバテた二人は自転車をその場に置いて、徒歩で上まで登って行く。向日葵畑に到達し、来た道を振り返る。坂の向こう、両側に茂る緑と真っ直ぐに延びる畦道が、田園から照り返される光を集めて輝いた。

「きれい……」

「うん」

当時は気づけなかった。田舎よりも都会がいいと思っていた。利便性を考えればもちろん都会の方がいいに決まっているが、だからといって田舎も捨てたものじゃない。今ならわかる。誰にとっても原風景はこの景色に違いない。

泣きたくなるくらいに、懐かしい。

「牟加田君はさ、ここで育ったんだね」

「……でも、僕が見ていたのは一人きりの景色じゃないんだ」

両隣には幼馴染みがいた。千夏と敬士がいて初めて故郷だ。

「千夏っていう子が僕の好きな人なんだ。今でも、彼女のことが好きだ。ちぃちゃんとはずっと手紙のやり取りをしていて、僕はいつまで経っても彼女から離れられないでいた。情けない話だけど、僕はここから引っ越したあの日からまったく成長できていない」

「恋人じゃなかったんだ。遠距離恋愛してたのって嘘だったの？」

「うん。言い方は悪いけれど、嘘も方便ってことで」

女子からの告白を断る理由に「遠くに好きな人がいる」では弱かった。けれど遠距離恋愛という言葉を使うと強い絆を感じ取ってくれるようで女子はすぐに身を退《ひ》いてくれた。悪いとは思いつつ、多用した。

「僕はちぃちゃんのことが忘れられなかった。でも、簡単に会える距離じゃないし、それぞれ自分たちの生活があったからね。いつかはこの想いも忘れられるだろうって思っていた。――お互いに、思っていたんだ。

手紙のやり取りを通じて、ちぃちゃんに彼氏ができたことを知った。僕はちぃちゃんが気を遣わないように僕にも彼女ができたと嘘を吐いた。僕は、彼女の恋を応援しながら自分の恋を諦めていった」

「……嘘を吐く必要があったんだね」

「……ああ」

陽子はわかってくれている。皆まで言う必要がなくなって、牟加田は内心で安堵する。

「今は彼氏と都市部で暮らしているって。去年届いた最後の手紙にあった。いずれは結婚したいって。もしかしたら、もうしているのかも。僕はね、祝福したいんだ。そして、僕のことは心配しなくてもいいって伝えたかった」

民宿の夫婦に恋人を紹介すれば、敬士にも必ずそれが伝わる。間違いなく、千夏にも届く。牟加田は今幸せで、これからも幸せなのだと知らせられる。

だからもう、迷わないでほしかった。

傍にいる人だけを見てあげてほしかった。

「牟加田君はそれでいいの？」

「いいさ。――ここに戻ってきていろいろ思い出したよ。僕とちぃちゃんと、あとケイちゃんって子と三人でよく遊んだんだ。僕たちはいつも一緒で、秘密基地なんかも作ったりした。仲間だった。仲間はね、誰か一人でも辛そうにしていたら他の二人も辛くなるんだ。いつまでも三人一緒にはいられない、それはわかっていたことだ。余った一人のために二人が辛そうにしていたら誰も救われないよ」

十年以上も会っていないのに、二人の気持ちは手に取るようにわかる。

きっと二人にも牟加田の気持ちがわかるはずだ。

わかるから、千夏は手紙を寄越したのだろう。――もう振り返らないと宣言したのだろう。昔ではなく、これからに目を向けるために。

「山川さんに恋人のフリをお願いしたのはそういうわけだよ」

つまりは道化役。牟加田はすでに同棲し結婚の約束までしている幼馴染みのために茶番を演じたに過ぎない。牟加田の歪んだ優しさだった。

陽子は何事もないように田園風景を眺めて微笑む。悲哀も憐憫も同情も、彼女の顔からは感じられない。牟加田が良しとしていることに掛ける言葉はなく、沈黙だけが牟加田の意志を尊重した。

「ありがとう」

坂道を下る途中、呟かれた一言は蟬時雨の波にかき消えた。

まだまだ日差しが強い午後五時、中学校のそばの商店街はすでに祭りの熱気に包まれていた。二日間だけの即席アーケード、そこに並んだ出店を包囲する人だかり。この日ばかりは町のどこに隠れていたのかというほどの人で埋め尽くされる。拡声器からは演歌と民謡がノイズ混じりに流れていた。綿菓子を持った子供たちが駆けていく。泣き声と笑い声が共鳴する。犬が吠え、露店商の濁声が響く。蟬の声を物ともしない、祭りの活気が溢れ出る。日本的な、古き良き祭りの形である。

お土産をしこたま買い漁って、陽子と牟加田はアーケードから脱出した。再び自転車に跨ると、今度は少し離れた小学校を目指して漕ぎ出す。

「小学校の周りには何があるの？」

「なんにもないよ。田舎だもの。あるとしたら古い駄菓子屋くらいだよ」

神田屋という名の駄菓子屋には少年少女たちがたむろしていた。マンガのキャラクターが描かれたカードを使ったゲームで盛り上がっており、牟加田と陽子が訪れると不審そうな目つきで見られた。ここは子供たちの聖域であるらしい。

「おばあちゃん、ラムネある？　おば、……」

レジカウンターに座っていたのは中年の男性だった。団扇《うちわ》を扇ぎながら場違いな牟加田たちを物珍しげに眺めている。店の裏側は住まいとなっており、レジカウンターの奥に居間が見えたが、そこに以前はなかった仏壇を見つけた。

「そうか……」

子供たちの笑い声を背中に聞きながら、子供だった頃の面影がまた一つ失われたことを実感した。不思議を不思議と感じられなくなった自分は、もう、大人に違いない。

ラムネを買って喉を潤す。暑い夏の定番だ。陽子の夢がまた一つ叶う。

「駄菓子屋さんなんて初めて。私が小さい頃にはもうコンビニあったしね」

「ここでは逆さ。コンビニっぽいところもあるにはあるけど、野菜とか売ってるし、どちらかというとスーパーに近い。それで夜の八時には閉店しちゃうんだ」

「田舎だねえ」

「そうでしょうとも。でも、それがいいんだ」

子供たちを眺めながら思う。いつかあの場所にも牟加田はいた。店番をしているおばあちゃんに見つめられながら、安物の玩具を買ってその場で遊んだ。ここはお店ではなく遊び場だった。

田舎町の防犯意識が低いのは、大人と子供の距離が近いからなのだと思う。脅威と見なすべきものは町を囲む自然とそこに生息する野生動物たちで、住民は夜になれば基本的に家から出ようとしない。コンビニが二十四時間開いていない理由でもあった。都会みたいにいつでもどこでも明かりが灯っている場所は少ない。日が暮れれば自然と別れの挨拶を口にした。

家の近所の分かれ道で、千夏と敬士は「また明日ね」と手を振った。

いつまでも続くと思っていた、あの頃。

神田屋のおばあちゃんはもういない。

郷愁の念に胸がざわつく。

カードゲームに熱中する子供たちに後ろ髪を引かれながら、二人は再び移動する。

夏の夕暮れがこの世の終わりのように見えた。

恐ろしく赤い空を見上げて、牟加田は眉間に皺を寄せた。

「なんだか一雨きそうだ」

「夕立かもしれないね。――ねえ、ところで今どこに向かっているの？」

林に開かれた砂利道を丘の方へと登って行く。緩やかな坂道の途中で自転車を停めて、お祭りの戦利品を手に脇にある獣道に足を踏み入れる。

「ここがショートカットになるんだ。――ああ、ヤブ蚊がいるだろうから、はいこれ、虫除《むしよ》けスプレー。それと、偶にヘビが出てくることがあるから気をつけてね」

「へっ……⁉」

陽子は顔を引きつらせるが、先に進む牟加田に置いて行かれまいと慌てて歩き出した。先ほどまでの坂道とは違い、こちらは勾配が急でその落差に戸惑う。何度も往復した跡があり歩きやすくなっているのがせめてもの救いか。

「ここは御仁山といって、僕たちの一番の遊び場だったんだ。虫捕りするには絶好の穴場だよ。カブトムシやクワガタなんか捕り放題。道が残ってるってことは、どうやら今でも利用されてるみたいだ。この先にある秘密基地もきっと」

「秘密基地？　秘密基地があるの？」

牟加田は振り返って頷く。途端に陽子の目が輝き出して、苦笑する。もしかすると陽子は小さい頃は箱入りで育てられたのかもしれない。子供なら誰しも一度は経験したはずのことにここまで反応するなんて。なんというか、意外だ。

しばらく歩くと、鬱蒼としていた茂みが唐突に無くなった。開かれた場所には古びた御堂が鎮座しており、どこか静謐《せいひつ》としていた。

「今思えば罰当たりな気はするけれど、代々受け継がれてきた秘密基地なんだ。僕たちも近所のお兄ちゃんから存在を聞かされて、度胸試しで忍び込んで、いつの間にか遊び場にしていた。そして、ほら、ここからの景色もとっておきでさ――」

空き地となっている場所をさらに奥に進むと、町を一望できるパノラマが広がった。吹き込んできた風に一歩よろめく。赤色に沈む町並みが美しい。響く蜩《ひぐらし》の鳴き声が被さって、不意に寂寥《せきりょう》感を覚えた。こんなにも胸を衝《つ》く景色が存在するなんて。

「探してた場所ってここのこと？」

思わず問いかけていた。この景色は牟加田にとってすでに知っていたものだが、陽子はあまりの感動にそこまで考えが回らない。牟加田は首を振ると、寂しげに眺望を見渡した。

「僕が探しているのは花火を見下ろせる場所。ちぃちゃんが教えてくれたんだ、でもそんな高いところなんて聞いたことがない。今朝もおじさんたちに訊いてみたんだけど、そんなところあるわけないって言ってた」

牟加田は眺望の左端を指差して、

「向こうの山、西山《にしやま》っていうんだけど、あそこだったら標高が高いからもしかしたら見下ろせるかもしれないね。けど、祭り会場からは距離がありすぎる。見下ろすというよりは正面に見るって感じだろう」

「花火が見下ろせる場所、か」

陽子なりに推理しようとする。しかし牟加田はお手上げのポーズを取った。

「今日ずっと考えていたんだけど、降参だ。山川さんには悪いことをしたね。僕のワガママに付き合わせてしまった」

「そんなことない。すっごく楽しかった！　ここの景色だって最高だしね」

「あと一時間もしたら花火が上がるから。それ見ながら、焼きそば、イカ焼き、その他諸々をつまみにして一杯やろう」

ずっと手にしていたビニール袋を掲げ合って、二人は笑った。

そのとき、遠雷が鳴ったと思いきや、土砂降りの雨が頭上から落ちてきた。急いで御堂に駆け込む。扉ががたついていてなかなか開かず、中に入れたときには二人ともバケツで水を被ったような有様だった。袋に入ったつまみは濡れずに済んだので、陽子は密かにほっとする。食い意地が張っているようで情けない限りだが、朝食べた切り何も口にしていなかったのだ、これだけは死守しようと決めていた。

「山川さん、大丈夫？　……っ」

牟加田が目を逸らす。そのときようやく濡れ鼠《ねずみ》の自分に気がついた。Ｔシャツが肌に張り付いて下着のラインが浮いていた。慌てて前を隠して距離を取る。牟加田からタオルを投げて寄越されたので、首に掛けて目隠しにした。

「やっぱり通り雨だったみたいだ。この分なら花火も中止にならないでしょう」

外を眺めて牟加田は言う。夕立はすぐに上がったが、地面はすでに水浸しで、御堂の中にいるしかなくなった。牟加田のリュックから取り出されたランタンが煌々《こうこう》と御堂内を照らした。

「……準備いいね」

「初めからここで花火を見ようって決めてたから。悔いのないようにね」

もう二度とこの町には来ない、言外にそう語っていた。

「もしかして、智子先輩が旅行を企画しなくても一人で来てた？」

「……いや、それはないよ。山川さんが行くと知ったから僕は案内役を引き受けた。

山川さんね、ちぃちゃんにどこか似てるんだよ。なんか子犬みたいにキャンキャンしているところとか」

「キャンキャンて」

　褒められているのだろうか。微妙なところだ。

「恋人役にはピッタリだった。——ああ、このことについては本当にごめん。でも、他の人に頼む気になれなかったからさ。迷惑掛けたね」

「ん、私なんかで役に立ったのなら良かったです」

「山川さんが良かったんだ。僕は君のこと割と気に入っているんだよ」

「……」

　唐突に、黙って見つめられる。牟加田の視線が陽子の体を上から下へと通り過ぎ、もう一度陽子の顔を見た。

「牟加田君？　どうかしたの？」

「…………」

　空気が、変わった。——えっと、どうしたの？　なんでそんな恐い顔しているの。

陽子は知らず被せたタオルをぎゅっと摘んだ。

「山川さん」

低く潜めた声。ゆっくりと慎重な足取りで牟加田が近づいてくる。見上げるほどに大きい体が迫る。真剣な、それでいて不穏な牟加田の表情に金縛りに遭う。固まったまま動けない。声が出ない。状況が把握できない。けれど、頭の片隅でははっきりと意識していることがある。牟加田が男で、ここには二人以外に誰もおらず、衣服は雨に濡れカビ臭い御堂の中はさらに重たい空気を纏う。

手首を摑まれた。それでも陽子は冗談だと思い込もうとした。暴力的な力加減で引っ張られ、牟加田の腕の中に収まってもまだ現実のことと信じられなかった。

牟加田に抱きしめられている。両足が浮くほどに強く。見上げると、恐い顔をした牟加田が陽子をじっと見下ろしていた。

「いや……」

震えて声が出ない。以前覚醒剤や暴力沙汰の事件に巻き込まれたときでもこれほどの恐怖は感じなかった。それは危機感の違いだろう、陽子はこの手の行為に免疫がなかった。牟加田の、男の体臭と熱い体温を感じ取ってぞわりと悪寒が走る。無遠慮な手が背中を這《は》っていく感触に歯がカチカチと鳴る。怖い、怖い怖い怖い。

怖くて、声が出ない。

「い、いや、……」

消え入りそうな声しか出ない。抱き竦められたこの状態では腕に力が入らず抵抗すらできない。牟加田が陽子を抱えたままそっと動く。為す術無く体重を預け、やがて牟加田は陽子の耳元で大きく震えた息を溢した。

怖くて、涙が出た。

「ぁ、た、す、……」

助けて。口にできないのならせめて心の中で叫ぶ。助けてっ。

誰か、助けて――。

ガタンッ。

がたついていた扉が壊されそうな勢いで突然開いた。驚いた陽子と牟加田がそちらを向くと、夕焼けの逆光の中に人影が見えた。御堂の中に踏み込み、足早に二人の元へと接近する。陽子の手を掴み、牟加田の体を押して、二人を引き離す。人影は陽子をその胸の中へと力強く導いた。

「二度とこの人に触れるな。次があれば、僕はおまえに容赦はしない」

その声は知っている。いつもの穏やかさがまるでない、気迫に満ちた表情を浮かべているが、しかし見間違いようもなくそれは、陽子のよく知る人物。

「――旅人さん？」

日暮旅人だった。旅人が、来てくれた……。

「約束しろ。もうこの人に手を出すな」

静かな口調だったが、その分怒りが凝縮されているようだった。牟加田に負けない力強さで肩を抱かれる。けれど、こちらは全然怖くない。頭の中は真っ白で、どうしてここに旅人がいるのかとかいろいろ疑問に思うけれど、それよりも何よりも、陽子は旅人に会えて嬉しくなる。

初めて見る旅人の表情に目が離せないでいる。

「――――」

牟加田は、突如現れた見知らぬ男に警戒しつつも、陽子の態度から痴漢やその手の変質者ではないと悟り、困ったというふうに頭を掻く。おどけるように両手を上に上げて釈明する。

「君が誰で何のつもりかは知らないけれど、一応誤解だと言っておくよ。僕は別に山川さんを襲っていたわけじゃない。――うん、冷静に考えてみたら、確かに誤解を招くような行動だった。山川さんも驚かせてしまったみたいだし」

ごめん、と素直に謝る。驚かせた程度では済まない、あれは男性への生理的な恐怖だった。誤解というからには陽子に劣情を抱いたわけではないらしいけど。

「下手に刺激するとそいつは何をするかわからなかったから。安全な位置に山川さんを運ぼうと思ったんだ」

牟加田が、そいつ、と言って顎をしゃくった先――陽子がいた背後の床では細長いヘビがとぐろを巻いていた。目撃した瞬間、陽子は「ひっ」体を硬くして固まった。

「――このように、山川さんの足が竦んでしまう恐れがあったからね。黙って移動させるしかなかったんだ」

牟加田は緊張から怖い顔になっていたのだ。陽子を無理やり引っ張って、陽子の真後ろにいるヘビを睨み下ろしながら、慎重に陽子を運んで距離を外し、安堵の溜め息を吐いた。――一連の流れはそういうことだったらしい。陽子は思い至って、顔から火が出そうなくらい赤くなる。ああああ、私、とんだ勘違いを⁉

後ろめたい気持ちもあって旅人を見上げると、旅人は牟加田を見据えたまま厳しい表情を崩さなかった。ヘビすら一瞥しない。

誤解を誤解と認めていないみたいに。

牟加田は外から拾ってきた枝でヘビを掬《すく》い上げて茂みへと逃がす。その間も旅人は陽子を抱きしめたまま牟加田を見据え、牟加田もその態度に苛立ちを覚え始める。

気まずい沈黙が流れる。どうしていいかわからない陽子は、そういえば、と旅人がこの場にいる不思議に思い当たる。

「あの、どうしてここが?」

「……小野先生から泊まっている民宿を教えて頂いて、そこのご夫婦に陽子先生たちが『花火を見下ろせる場所』を探していると聞いたんです。他に手掛かりがなかったから、とにかくその場所を目指して、その途中で停めてあった自転車と獣道に残った足跡を見つけたので、ここまで登ってきたんです」

徒歩で移動していたことを考えると、旅人は自転車に乗る陽子たちのすぐ後ろにいたようだ。着ている服は雨と汗でびっしょりと濡れている。そこに懸命さを見つけた。身体の具合は大丈夫なのか心配になる。

と、旅人のあっさりとした説明に驚いていたのは、牟加田の方だった。

「その場所を目指してって、……君はわかったのか? 花火を見下ろせる場所が?」

「お祭り会場の位置とこの辺りの地形を照らし合わせて考えればすぐにわかります。花火を見下ろすなんて表現は現実的じゃない。それを可能にする、いえ、そう錯覚させる場所は一つだけです」

思わず、陽子と牟加田は顔を見合わせた。それが気に喰わなかったのか、旅人はやや拗ねるようにして、二人の視線を遮るようにそこへ行こうと提案していた。

凪はなく、茂みに揺れる草木はない。虫の音が響くものの、無音よりも静けさを演出している。人ひとりがようやく通れる獣道。その果てに、森と地面の終わりと、巨大な池が現れた。祭り会場と直線上に結ばれる中に一切揺らぐことのない水面が夜の暗闇に沈んでいる。この町で唯一条件が合致するロケーション。間もなくだ。

午後八時。空よりなお暗い池に真っ赤な大輪が咲いた、次々に色とりどりの花が咲き乱れ、水中へと消えていく。視界は頭上を覆う木の枝のせいで斜め下方しか覗けなかったが、そのことが最大の視覚効果を生み出した。見上げてみても枝が邪魔をして空に打ち上がったはずの花火は見られない、代わりに水面に反射した幻影が目を楽しませてくれるのだ。後から追いかけてくる破裂音が体の芯を揺さぶった。凪《な》いだ水面に波紋は訪れず、花々の姿が霞むこともない。奇跡的な条件下で再現された真夏の夜の夢——引き込まれ、言葉を失うほどに幻想的である。

牟加田は魂を抜かれたように魅入ってしまった。その背後で陽子は池に映る花火に感動しながらも、隣に寄り添って立つ旅人に意識を傾けた。

まだ答えを聞いていない。——どうしてここにいるの？

聞きたいけれど、花火が終わるまで声を上げるのは憚られた。

ずっと握られている手を握り返す。皮膚感覚のない旅人には伝わっていないとわかっていても、ありがとうの気持ちを込めてみた。——本当は心細かった。旅人に会いたかった。どんな目的であれ、ここに来てくれて嬉しかった。

胸がいっぱいになる。

もう一度旅人の手をぎゅっと握ると、応えるように握り返された。

＊　＊　＊

『沈まず地獄』とは、溜め池にまつわる怪談から名付けられたものだ。

暗い御堂の中で、敬士は声を潜めて言った。

「毎年夏祭りの夜になると、沈まず地獄で女の死体が浮かび上がるんだ。女を殺した犯人はちゃんと重しを付けて沈めたんだけど、死体はなぜかこの夜にだけ浮かんでくる。それどころか、水の上を歩き出し、ひたひたと池から這い出て自分を殺した犯人を探して回っているらしい。おい、ちぃ、ところでおまえの後ろにいる人は誰なんだ？」

「きゃあ、やあ！　もうやめてよぅ！」

悲鳴を上げた千夏は誠の腕に縋り付く。中学生に上がって、千夏の体も丸みを帯び始め、否応なく男女を意識させられる。誠は平静を装って千夏を宥《なだ》めた。

「大丈夫。誰もいないよ。ちぃちゃんはほんと怖がりだなあ」

「だってぇ……」

「約束だからな。ちぃは沈まず地獄まで一人で行って写真撮ってくるんだぞ」

「そんな約束してないもん！」

千夏はついに泣き始め、誠と敬士はやりすぎたと反省する。千夏の反応が面白いのでついつい調子に乗ってしまった。千夏は洟を啜って、上目遣いに誠を見た。

「マコちゃん一緒に来てくれる？」

誠は、千夏のその顔が少しだけ照れて赤くなっていることに気づいた。そして、真向かいに座る敬士の表情にも気づいていた。敬士が昔から千夏に意地悪をする理由を、少年特有のその機微を、誠だけは知っていた。

「マコちゃんが行くのは反則だろ。マコちゃんは俺といるんだよ。ちぃ一人で行けよ」

「やーもん！　ケイちゃん一人で留守番してなさいよね！」

敬士が不服を訴え、千夏は舌を出す。間に挟まれた誠は苦笑い。

「もうすぐ花火が上がる。今から行ったら間に合わないよ。この話は来年に持ち越そう」

「ちぇ、マコちゃんはちぃに甘過ぎだぜ。ちぃ、来年は絶対に一人で行ってもらうかうな！　約束破んなよ！」

「約束なんてしないもんねーだ！」

御堂の外からドンと音が響いた。三人は顔を見合わせて、一斉に外に飛び出した。

祭り会場の方で色とりどりの花火が打ち上がる。歓声を上げる千夏と敬士に挟まれて、誠は今ある景色を心に刻んだ。

来年の春に引っ越すことは、まだ二人には話していない。

「来年も再来年もその次もずっと、三人で花火見たいねー」

千夏が呟いた。誠と敬士は、それぞれの理由で、頷くことができない。

いつまでも同じ場所にはいられない。

いつまでも子供のままでいられない。

夏の花火が燃え尽きる。あの夜に、誠は三人が三人のままでいられないことを明確に悟った。

『マコちゃんが引っ越して行っちゃったから、今年の夏祭りは一人で過ごしました。ケイちゃんはよそのクラスの男子たちに誘われて行っちゃった。わたしも友だちに誘われたんだけど、なんだか気が乗らなくて断っちゃった。ケイちゃんも薄情だよね、マコちゃんがいなくなったらわたしとも遊ばなくなっちゃったんだよ。周りの目を気にしてるのかな？　でもそういうタイプじゃないよね、ケイちゃんは。なんでわたしのこと避けるんだろう。男子って何考えているのかちっともわかんない。マコちゃんだったらわかるのかな？

去年の夏祭りは三人で過ごしたよね。あのときケイちゃんが意地悪したから、わたし、今年はリベンジするつもりでいたんだ。結局、ケイちゃんとはお祭りに行けなかったから、つまんなかったな。

マコちゃんがいないだけで、こんなにつまらなくなっちゃうんだね。

マコちゃんがいなくて、さみしい。

会いたいよ。

会いたいよ――』

そうして千夏が見つけたこの場所に、今、牟加田は立っている。

――ちぃちゃんが見せたがっていた景色は、これなんだね。

怖がりのくせして一人で池を見下ろした、それはきっと離れ離れになった三人を繋ぎ止めるためだった。写真を撮って話の種にでもすれば、また、あの頃に戻れると信じて。牟加田は同じ景色を見つめて千夏の想いに同調する。

ようやく終わりにできた。思い残すことは何もない。最後の花火が水面に沈んでいくように、牟加田が十年間溜め続けた気持ちも消えていく。

清々《すがすが》しいまでに。

――さようなら。ちぃちゃん。

翌日。朝のうちに山川陽子は日暮旅人を連れて帰って行った。陽子に好きな人がいると知って、少しだけ傷ついていることに気づき、牟加田は溜め息を吐く。まったく、これこそとんだピエロ役だ。一夏に二度も失恋するなんて。

陽子が帰ったことを民宿の夫婦は訝しがっていたが、二人は従兄弟《いとこ》同士だと適当に嘘を吐いて誤魔化し、牟加田もまた予定を繰り上げて帰ることにする。

「またおいで。今度は敬士にも会っていってくれよ」

「これからも息子と仲良くしてくださいね」

頭を下げる夫婦に、牟加田は深く感謝した。

バスで都市部の駅まで移動し、すぐさま時刻表を確認する。お盆が重なっているからか、電車の本数も普段より多めだ。そして、お祭りの影響もあって乗降する客の数も多かった。人混みにほっとしている自分に笑える。もはや田舎暮らしが性に合わなくなっているようだ。

切符を買って改札に向かう途中だった。向こうから歩いてくる男女に目を奪われた。

牟加田と変わらない背丈、がっしりとした体格に日に焼けた厳つい顔つき、そこに昔の面影を残した笑みを浮かべている。右隣を歩く女性は昔より長くなった髪を靡《なび》かせて、けれど幼い顔立ちはそのままにどこか艶めいた視線を彼氏に向けていた。

すれ違う。何事も無く。すぐそこに二人はいて、牟加田は平然と横を通り過ぎていく。心音が大きく跳ねた。牟加田も、男女も、一瞬の間呆けたように目を見開いた。

喧噪《けんそう》が遠のいて、三人の足音だけが大きく響く。

立ち止まる。振り返る動作が背中越しに伝わる。震える声があの頃の彼女のものと重なった。

「――マコちゃん？」

『いつか、どこかでばったり会ったときは』

牟加田の心は満たされて、笑った。

喧噪が戻ってくる。何事も無く通り過ぎていく。聞こえなかったのか、人違いであったのか、隣を歩く彼と同じくらいの背丈の男性は、振り返ることなく改札を抜けていく。在りし日の誰かと重なった気がしたのに、彼女は途端に自信がなくなる。

気のせいかしら。……そうよね、だってここにいるわけないし。

訝しげな表情を浮かべる彼になんでもないと首を振り、甘えるように手を繋ぐ。

思い出は思い出のままに。

もう今に引きずることはない。

出口に向かって歩き出す二人の左手薬指には、お揃いのリングが輝いていた。

＊

旅人の風邪はまだ治っていなかった。

朝、灯衣を保育園まで連れて行き、その足で榎木ドクターの居る診療所を訪れる予定だった。灯衣を預かりに出てきた小野智子先生は、旅行に行けなかった八つ当たりか単に面白がってのことか、旅人に陽子が別の男と二人きりでいることを説明し、さらに牟加田のことを「手癖の悪い色男」と強調したために、変な誤解を与えた。

『まさか日暮さん、そっち行くなんて思わなかったから』

罪悪感からか電話越しにものすごく落ち込んだ気配が伝わってきた。旅人を焚《た》き付けて陽子を意識させようという作戦だったらしい。誤算だったのは、旅人が旅行先に駆けつけたことと風邪を引いていることだった。さすがの智子先輩も旅人の風邪には気づかなかったようだ。

『――でもまあ、良かったわね。山川に気がないとそこまでできないわよ。普通』

携帯を切り、駅のホームから電車の中に戻る。五分以上も停車していた電車は時刻表に従ってようやく発車する。席に戻ると、顔色を悪くした旅人が薄目を開けていた。

「やっぱり向こうで休んでから帰った方がよかったんじゃ……」

心配すると、旅人は小さく首を振った。「大丈夫」小声で返した。

昨日、花火を見終わって民宿に戻ると、旅人はぐったりと倒れてしまった。風邪が悪化したのだ。一泊させてもらい、陽子は一晩中付きっきりで看病した。その甲斐あって、朝になって少しだけ体調を取り戻した旅人はすぐさま民宿を後にした。

「……あのままご厄介になっていたら牟加田さんにご迷惑でしょうから。僕のせいで彼に気まずい思いをさせてしまった」

牟加田を敵視していた旅人は、それが勘違いであったと知って素直に牟加田に詫《わ》びを入れた。普段の牟加田ならそれくらいのこと笑って流すのに、陽子と旅人を見比べてなぜか複雑そうな表情を浮かべていた。……気まずいって何がだろう。首を傾げる陽子は本気でわかっていなかった。

「陽子先生はまだ残っていてもよかったのに。僕のせいで」

「旅人さんのせいじゃありません。私が帰りたくなったんです。旅人さんと一緒に田舎の風景もいいけれど、今はとにかくいつもの日常に戻りたい。たった一日離れていただけなのに、もうこんなにも恋しい。

実際の距離が開くほどに、その分誰かを想わずにはいられなくなるようだ。

「だから、いいんです。旅人さんの隣に居させてください」

旅人は申し訳なさそうにしながらも、陽子の隣で静かに目を閉じた。人前で視界を塞ぐことを頑なに拒んでいた旅人がこうして無防備を晒している。陽子を信頼してくれている証拠だった。

旅人の額に手を当てる。すごく熱い。また熱をぶり返してしまっている。

「……」

誰にでも優しい旅人さん。陽子を追ってきたのも、自分を犠牲にして誰かのためになろうとする、いつもの献身に違いない。それを寂しく思うのは悪いことだろうか。

この人の特別でありたいと願った。

もっと弱音を聞かせてほしいし、もっとワガママを言ってほしいし、もっと心を預けてほしかった。

目を閉じた旅人には、陽子の存在は視えていない。陽子の声は届かないし、手の感触も伝わらない。近くにいるのに、すごく遠い場所に彼の心があるようだ。時々触れそうになるから離れがたい。この距離感が、堪らなく切なかった。

我に返って首を振る。病人を前にして何を感傷に浸っているのか。

「何考えてんのよ、バカ」

途端に旅人の寝顔を盗み見ていることが気恥ずかしくなって、額から手を離した。

「待って。そのままで」

「え⁉」

旅人が寝言を口にした。いや、きっとまだ意識はあるのだろうが、目は瞑ったままだ。視界を閉ざした旅人には、音も、匂いも、感触も、温度も、何も伝わらないはずなのに。目を瞑ったまま確かに陽子の掌に反応した。

もう一度恐る恐る額に触れる。すると、旅人の寝顔が穏やかなものに変わった。

「――ああ、冷たくて気持ちがいい」

「――」

伝わっている。陽子の掌の感触を、旅人は感じ取っている。ゆっくりと上体が傾いて、陽子の肩に寄り掛かる。安心しきったような寝息に、陽子は息を呑んだ。

熱に浮かされて、ただ錯覚を覚えただけだったのだとしても、確かに旅人の五感は蘇《よみがえ》っていた。決して失われてなんかいなかった。

触れれば伝わる距離に、本当の貴方は居てくれた――。

旅人を支えるようにして寄り添い、陽子は窓の外に目を遣った。

夏の日差しが流れゆくすべての景色を輝かせる。町並みは徐々に自然を切り離し、都会の雑踏に近づいていく。灯衣や雪路がいるあの町まで、あと少し。

いつもどおりの温かな日常へと電車は距離を縮めていく。


（つづく）

『探し物探偵事務所』のホームページを閲覧する人間は少ない。

作成したのは山川陽子だが、運営はすべて雪路雅彦が行っている。元々ホームページ開設に反対していた雪路が、アクセス数を増やすための工夫などするはずがなかった。一日の訪問者がゼロなのは当たり前、偶にカウンターが変動していればそれは陽子が更新内容をチェックしているからである。更新など一度として行ったことのない雪路はそのたびに陽子に小言を言われた。せっかく作ったのに――、努力を無駄にされたみたいで悲しいらしい。

ホームページを開設して三ヶ月が経った。最近では灯衣の日記が書かれることが多くなり、それ目当てに知人がアクセス数を増やしている状態である。陽子はもう何も言うまいと思うようになり、雪路は灯衣の世話事が増えてより面倒になったと嘆いている。

＊

その人影は、『探し物探偵事務所』が入った雑居ビルを物陰から見上げ、携帯電話からホームページを閲覧していた。――これではまるで育児日記だ。にんまりと口元を歪め、今度はもう片方の手にある手帳に目を落とす。そこには個人情報が書き込まれてあった。

○百代灯衣
四月生まれ、五歳。元気盛りの保育園児。おませな性格でいつも周囲の大人たちを振り回しているが、利発で礼儀正しいこともあり近所では評判の少女。少しだけ人見知り。懐くとお喋りになる。早熟しているせいか、子供の友達は少ない。近所に住む老人たちと仲が良い。好きな食べ物は麺類とシチュー、嫌いな食べ物は野菜全般。好きな遊びは頭を使うゲーム、苦手なことは運動系。動物が好き。変わった名前の動物が特に好き。家族は父親だけ。父子家庭。父親を心から慕っている。しかし、血の繋がりはない。

（実の父親『百代卓馬《たくま》』は二年前に交通事故で死亡。実の母親『百代灯果《とうか》』は現在刑務所に服役中。母親が関わっていた犯罪グループの伝手《つて》から雪路雅彦に預けられ、現在の養父と暮らすようになる）

○雪路雅彦

七月生まれ、二十一歳。大学三回生。元市長・雪路照之の次男。見た目どおりのチンピラ。街の何でも屋。口も態度も悪いが人情家。基本的に困っている人は放っておけない性格。若者から慕われている、反対に警察からは目を付けられている。暴力団、鳥羽《とば》組の危険人物・熊谷《くまがい》の舎弟だった。増子すみれ警部補とも繋がっている。揉め事の仲裁役を買って出ることが多い。お人好し。灯衣の養父を『アニキ』と呼んで慕っている。

（実の兄『雪路勝彦』は五年前に首を吊って自殺。その際第一発見者。高校に入学する頃からグレ始める。熊谷から暴行を受けて入院した経験あり。家政婦の一味珠理と一時期交際していた。妹の麗羅に今年は誕生日プレゼントを贈っている※携帯電話）

○日暮旅人

十月生まれ、二十三歳。灯衣の養父。穏和。優しい性格。お人好し。不器用。何を考えているかわかりにくい。腹黒い。犯罪者には容赦ない。冷酷。残忍。破滅思考。目が特殊。視覚以外の五感がない。嗅覚、聴覚、味覚、皮膚感覚をすべて視覚で補っている。その観察眼を使って探偵業を営む。探偵事務所所長。しかし、管理はすべて雪路雅彦に任せている。物を持ちたがらない。いつでも消えられるようにしている。痛みを感じないためか、自己犠牲に躊躇いがない。

（父『日暮英一《えいいち》』母『日暮璃子《りこ》』十八年前に殺害されている。同時期に誘拐されている。五感を失くしたのはこのとき。祖父母の家に一時期預けられた後、親戚の家をたらい回しにされる。両親の復讐を生き甲斐にしてきた。自殺願望がある）

手帳から顔を上げると、目の前を山川陽子が通り過ぎる。人影はじっと彼女の姿を目で追い、雑居ビルに入っていくまでつぶさに観察する。今着ていた夏服は先週バーゲンセールで買った一点物の上下。帽子は大学時代から愛用している物。両手に持ったスーパーの袋の中身は、察するに、レバニラ炒《いた》めとお味噌汁《みそしる》とお浸しの具材、切らしていた赤味噌だろう。レバニラ炒めは夏バテに良いと小野智子に教わったばかりだ。ニラ嫌いの灯衣にどうやって食べさせようかあれこれ料理の本を開いて研究していた。

それくらいのことなら知っている。

ただ一つわからないこと、いや、考えたくないことがある。

山川陽子は果たして誰に恋慕を抱いているのか。考えるまでもない。考えたくない。

いや、もしかしたらと考えてしまうこともあったが、その相手もまた山川陽子を悪く思っていないとすれば。——ああ、おぞましくて考えられない。

事務所にやって来る目的が、もしそうなのだとすれば、許し難い。

すでに恋人同士になっていたなら、どうすればいいんだろう。

どうすればいいんだろう。

どうすればいいんだろう。

どうすればいいんだろう。

——弱った。二人まとめて殺スシカナクナッチャウ。


人影は殺意を胸に宿し、微《かす》かに微笑みつつ、颯爽《さっそう》と歓楽街を後にした。

あとがき

「――四冊では収まりきれなかったネタをいつか機会があれば発表したいですね」

言ってみるものです。頭は下げてみるものです。なんのことやらわからない方は『探偵・日暮旅人の贈り物』のあとがきをご覧ください。

こんにちは。山口幸三郎です。

一度は決着が着いた物語を再び動かすには相当のエネルギーが要ることを、私は初めて知りました。

『日暮旅人シリーズ』を今巻初めて手にしたという読者の方には少々不親切な内容になっているかもしれません。というのも、新章、セカンドシーズンと謳いつつも前四巻を補完する小話がいくつか入っておりまして、『贈り物』までを未読の方はところどころで「?」になるような気がします。もちろんこの巻から読んでも楽しめるように最大限配慮したつもりですが、まさかこれまで作中で起こった出来事を羅列するわけにもいかず、ネタバレにならない程度の前提を公開するそのさじ加減が、まあ難しい。

具体的には『愛しの麗羅』がその一つです。この小話には『贈り物』までの、本筋の事件の根幹に関わる情報がちょろっとだけ登場しております。『忘れ物』に所収されている『雪の道』とも若干リンクしていますので、そちらと併せて読まれるとより楽しめるかもしれません。

　という具合にこれまでのストーリーを完全に引き継いでいる形なので、新規の方に楽しんで頂くにはどうすればよいかという問題にはずいぶん頭を悩ませられました。本来なら「五巻目！」と言いたいところですが、「心機一転衣替え！」の方が清々しいし、何より『贈り物』で（おわり）と表記してしまったわけですから何事も無かったように続かせるわけにもいきません。新しいテーマ、新しい目標、新しい事件が無ければ再出発《リスタート》の意味がない。解決したものとそうでないもの。引っ張るべきテーマと新たな展開。一旦の区切りを意識しつつこれからの構成を考えるだけでも一苦労で、さらに執筆の最初の一歩を踏み出すのにはかなりのエネルギーを消費致しました。

　前四作を既読の方も、未読の方も、どちらにも喜んでもらえる巻になっているかどうか。不安いっぱいではありますが、これは私に課せられた再出発最初の試練なのだと受け止めております。

　喜んでもらえたら、いいいな。

　さて。大変だ大変だと強調しましたが、それ以上に楽しくもありました。

再び旅人たちを描けるわけですから。お蔵入りしていたネタを引っ張り出して、今後物語の伏線になるようなお話に改造する作業にはかなりワクワクさせられました。今巻からまた（つづく）が続きます。何巻まで行くかわかりませんが、今後もお付き合い頂けると幸いです。

イラストレーターの煙楽《えんらく》様、デザイナーのT様、お久しぶりです。そしてすみません。このシリーズに再び付き合わせてしまうことをお許しください。内心ではまたお仕事をご一緒できて嬉しい山口です。今後ともよろしくお願い致します。

改めまして、『探偵・日暮旅人の宝物』をお手に取って頂き、誠にありがとうございます。こうして続きを発表できたのはひとえに読者の皆様のおかげです。本当にありがとうございました。

本書が貴方にとっての『宝物』の一つになることを願って。

２０１２年　夏　　山口幸三郎

山口幸三郎　著作リスト

探偵・日暮旅人の探し物（メディアワークス文庫）
探偵・日暮旅人の失くし物（同）
探偵・日暮旅人の忘れ物（同）
探偵・日暮旅人の贈り物（同）
探偵・日暮旅人の宝物（同）
神のまにまに！　～カグツチ様の神芝居～（電撃文庫）
神のまにまに！②　～咲姫様の神芝居～（同）
神のまにまに！③　～真曜お嬢様と神芝居～（同）
ハレルヤ・ヴァンプ（同）